華爾街人性啟示錄

《股票作手回憶錄》外傳

重量級投資人
一致推薦必讀經典

埃德溫・勒菲弗 Edwin Lefèvre
吳書榆／譯

WALL STREET STORIES

目次

第 1 章

那女子與她的債券

THE WOMAN AND HER BONDS

當您要買債券時，
您一定要做好準備，要有耐心。

富勒頓・科沃爾（Fullerton F. Colwell）任職於擁有證交所會員資格且名聲響亮的威爾森與葛拉佛斯證券公司（Wilson & Graves），就他來看，他對老友哈利・杭特（Harry Hunt）可說是鞠躬盡瘁了。他是十家公司的董事，這些公司第一次在金融界亮相時都是由他的公司「帶出來」的，他們在股市的命運也都由他導引。他的幾位合夥人留了很多工作給他，連辦公室裡的職員都很乾脆地承認科沃爾先生是「這裡最辛苦的人，誰都比不上」。這些人很清楚動手做大小事的永遠是被壓榨的員工，但賺到利潤和名聲的則永遠是雇主，他們願意承認這一點可說是意義非凡。在威爾森與葛拉佛斯證券公司裡包辦所有工作的重要年輕人們，都是開開心心地替科沃爾先生的勤勉作證，因為科沃爾先生總是殷勤地、而且充滿同情地（這一點最重要）詢問每個人的工作量，然後，他就會說大家回答的工作量絕對是太多了。還有，他也是替大家加薪的人，因此他是此地最有魅力、也是最忙碌的人。約翰・威爾森（John G. Wilson）是其中一位合夥人，他是肺病患者，永遠都在從一家養生度假村趕往另外一家，他砸進幾百萬美元財富用來買火車票，只為了能戰勝死神。喬治．葛拉佛斯（George B. Graves）則有胃病，容易緊張、發怒，而且還很吝嗇。威爾森成立公司時對他最讚賞的是，他主動提議願意扛下所有麻煩事。佛德瑞克．丹頓（Frederick R. Denton）一整天都在「行情室」[1]，也就是在證交所裡忙碌，忙著下單，監看公司挑選出來的股票在市場上的表現，時不時聽到一些他不該聽到、但和威爾森與葛拉佛斯公司有關的事。科沃爾什麼都要做，股市和辦公室裡的事他都有份。他負責操作威爾森與葛拉佛斯公司手中的股票，負責公司客戶組成的眾多資金池中不違法不悖德的部分。葛拉佛斯先生處理其他細節，科沃爾還要介入各家企業的實質管理。還有，他每天都要和十幾個人打交道，這些全是重要的「大人物」，用華爾街的說法來講，這些人要「打通」華爾街的「交易」。為了解決那位粗心大意的朋友留下的後事，科沃爾奉獻了時間，他的時間值如千金；他也奉獻了腦力，他的腦力值萬金。等到一切結束，調停好每一項主張，他還婉拒了自己有權領取的執行人手續費。所有事處理完後，可憐的哈利・杭特留下的遺產不僅無須償債，還留下了三萬八千美元現金，就存在推車人信託公司（Trolleyman's Trust Company）裡，由杭特太太處置，每年都有利息可領，年利率為二・五%。科沃爾把這件事辦得很漂亮，除了這筆現金之外，好友的遺孀還擁有一棟杭特生前贈與且已經付清房價的房子。

處理完遺產事宜之後，沒多久杭特太太就來辦公室找他。那天他很忙。空頭熊市正在胡作非為，而且這場大肆破壞很可能取得勝利。阿拉巴馬煤鐵公司（Alabama Coal & Iron）是這家證券公司表現出色的主打股票，現在正被「山姆」・夏普（"Sam" Sharpe）手下的長人湯姆（Long Tom）以及場內交易商美信（Maxims）猛烈的炮火攻擊。科沃爾能做的，就是指示交易室裡的丹頓「撐住」阿拉巴馬煤鐵公司，要足以阻嚇敵人、但又不需要買下公司的全部股

1 行情室（board room），紐約證交所別稱「big Board」，亦為大行情板。

票。此時此刻，他本人則在練習一種特殊的金融界裝糊塗手法，打個比方，當熊掌正在扯破你鍾愛的那一大袋金幣，金幣從裂口裡叮叮噹噹滾了出來，你反而要用最高亢的音量歡快地唱起歌。每一筆報價都很重要，短短半吋的報價條，很可能蘊藏著一場大災難。不詳讀上面印出來的每一個字，並非明智之舉。

「科沃爾先生，早安。」

他放下指間的報價條，很快回過頭，幾乎馬上就知道大事不妙了，在一天裡最不歡迎別人打擾的時間裡聽到女性的聲音，可不會帶來什麼喜悅。

「喔，早安，杭特太太。」他非常客氣地說，「我真的非常開心見到您，您好嗎？」他握了握手，領著她，帶著一點慎重其事的意味，請她坐進一張大扶手椅。他的禮貌周到，連華爾街的股票大作手都喜歡他，這些人大多只對簡短的報價機跳動聲音有興趣。

「您當然好啦，杭特太太，可別說您有什麼不好喔。」

「還……好。」對方有點遲疑，「我也希望可以很好，但自從……自從……」

「親愛的杭特太太，唯有時間可以幫助我們走過去。您一定要勇敢，這是他想看到的。」

「是的，我明白。」她輕嘆氣，「我想我一定得勇敢。」

然後兩人沒話說了。他靜靜等候，彬彬有禮地展現他的支持。

「嘀——嘀——嘀——嘀。」報價機響了。

這是什麼意思，數字是多少？換成錢的話，報價條最後三聲刺耳的聲響代表了什麼？可能是熊市的空頭大軍正在狠狠攻擊阿拉巴馬煤鐵公司的「分段買單」[2]戰壕，也可能是科沃爾信賴的指揮官丹頓斥退了敵人。誰贏了？科沃爾嚴肅沉重的臉龐上閃過一股像是痛苦的抽搐。但他馬上回過神和杭特太太說話，他有點良心不安，好像在自責自己居然在她來訪時還掛念著股市，「杭特

2 分段買單（scaled buying order），意指在多個不同的價格下單買進，以免發出一張大額買單影響價格。

太太，您絕對不可以讓自己沉浸在憂傷裡。您知道我對哈利的看法，不用我說您也知道，能為他盡一點心力，還有，杭特太太，也為您盡點心力，真的讓我非常高興。」

「嘀——嘀——嘀——嘀。」報價機繼續響著。

為了避免自己去聽那部不斷出聲的小機器，他繼續說，「杭特太太，相信我，我非常榮幸能有機會能為您服務。」

「科沃爾先生，您人真好。」寡婦咕噥著。停了一會之後，她接著說，「我來找您，是為了商量那筆錢的事。」

「請說。」

「有人跟我說，如果我把錢放在信託公司不去動的話，一個月可以賺七十九美元。」

「我來查一下。對，你大概可以預期能拿到這麼多錢。」

「好的，科沃爾先生，只靠這些錢我活不下去。威利（Willie）上學的花費就要花五十美元，伊迪絲（Edith）還要置裝。」她繼續說下去，營造出一股氣氛暗示著她完全不在乎自己。「您看看，他過去這麼寵溺孩子，他們已經習慣養尊處優的生活了。當然，幸好我們還有房子，但是稅金實在令人感到負擔。難道沒有其他投資方法能讓這些錢多賺一點嗎？」

「我或許可以替你買一些債券。您若要求本金隨時隨地都安全無虞，就必須投資非常高等級的證券，帶給您的報酬約為三・五％，這就是說，我們來算一下，每個月有一百一十美元。」

「哈利一年可以花掉一萬美元。」她喃喃地抱怨。

「哈利總是……呃……比較奢侈。」

「嗯，我很高興他活著的時候有好好享受。」她很快地回答。停頓之後，她接著說，「如果我不想要這些債券了，是不是保證能把錢拿回來？」

「你會發現這些債券永遠有市場，你可能會以比買價高一點或低一點的價格賣出。」

「我可不想這麼賣掉。」她帶著公事公辦的語氣說，「賣價比我的買價還低，這有道理嗎？」

「杭特太太，您說對了。」他語帶鼓勵地說，「這樣做的話，獲利狀況不太好，對吧？」

「嘀——嘀——嘀——嘀。」報價機又響了，而且是十萬火急地嗖嗖嗖傳動。這部機器忙起來時傳來的消息總是很有意思，而科沃爾先生已經有整整五分鐘都沒去看報價條了！

「科沃爾先生，您能否幫我買個什麼東西，而且當我想要賣掉時能拿回比本金更高的金額？」

「杭特太太，誰都不能保證這種事。」

「我不願意損失手上僅有的這一點點錢。」她慌張地說。

「喔，不會有這種風險。如果你開一張三萬五千美元的支票給我，在信託公司裡存著三千美元作為應急資金，我可以買一些我相當肯定幾個月內價格會漲的債券。」

「嘀——嘀——嘀——嘀。」報價機出聲干擾。他有一種莫名的感覺，這刺耳的聲音是不祥的預兆，所以他快快補充，「但是，杭特太太，你要趕快讓我知道。您懂的，股票市場可不是個客氣的地方，不會等任何人，連女士也不例外。」

「天哪，我一定要在今天去銀行領錢交給您嗎？」

「開支票就可以了。」他開始焦急地用手指在桌子上敲了起來，但他一發現自己的動作就嘎然而止。

「很好，我今天就會開支票給您。我知道您很忙，就不再打擾您了。您會替我買進又好又便宜的債券吧？」

「當然，杭特太太。」

「不會出現虧損的風險對吧，科沃爾先生？」

「絕對不會。我也替科沃爾太太買了一些，我連最低的風險都不想冒。你不用擔心。」

「科沃爾先生，您人真是太好了。我真的感激到說不出話來，我……我……」

「杭特太太，您不要再這麼客氣我就很高興了。我會試著替您賺一點錢，讓您至少可以賺到比信託公司多一倍的收益。」

「謝謝，感激不盡。我當然知道您非常熟悉這些事情，但我實在聽到太多關於投資人在華爾街都會虧錢的說法，所以多少有點害怕。」

「如果你買進好債券，就不會發生這種事，杭特太太。」

「祝您早晨愉快，科沃爾先生。」

「早晨愉快，杭特太太。請記住，若有我能為您服務的地方，請馬上告訴我。」

「喔，謝謝，非常感謝您，科沃爾先生。早晨愉快。」

「早晨愉快，杭特太太」

杭特太太開了一張三萬五千美元的支票給他，科沃爾買了一百張曼哈頓電燈、暖氣與電力公司（Manhattan Electric Light, Heat & Power Company）的黃金債券，利率五％，買價是九六美元。

「這些債券，」他寫信告訴她，「之後一定會漲，等漲到一個好價格之後我會賣掉一部分，替您保留其他當作投資。本項操作有一部分是投機，但我保證您的錢很安全。您的本金有機會增值，所有資金之後將會投資相同的債券，也就是曼哈頓電燈利率五％的債券，看用這些錢能買多少就買多少。我希望，六個月內可以替您賺到比信託公司高兩倍的收益。」

隔天早上她打電話到他辦公室。

「早安，杭特太太，我想您應該一切都好吧。」

「早安，科沃爾先生。我知道我對您來說是個大麻煩，但……」

「您這麼說可是大錯特錯了，杭特太太。」

「您真是好人。您知道的，我實在不懂那些債券，希望您可以為我說明一下，我實在很笨。」她頑皮地說。

「請您不要用這種謊話來說自己，杭特太太。您交給我三萬五千美元，對吧？」

「對。」語氣中透露她只會拿這麼多錢出來，想要再多也沒有了。

「好的。我在我們公司替您開了一個戶頭，把這筆金額存進您的名下，之後我下了單，買進一百張債券，每張一千美元，我們支付九六。」

「我不太懂您的意思，科沃爾先生，我說過了，」她又露出頑皮的笑容，「我很笨！」

「這表示，債券一張面額一千美元，但我們支付的買價是九六〇美元，總共付了九萬六千美元。」

「但我一開始只拿了三萬五千美元。您該不是會指我已經賺到了這麼多錢吧，是嗎？」

「還沒有，杭特太太。您拿出三萬五千美元，您知道這是您的保證金，我們拿出另外的六萬一千美元，把債券當成抵押。我們欠您三萬五千美元，您欠我們六萬一千美元，還有……」

「但是……我知道您會笑我，科沃爾先生，但我還是不免認為，這就是我們聽到的那些可憐人會遭遇的事，那些人拿房子去抵押，然後繼續投入，接下來你會聽到的就是房地產經紀商接管了房子，那些人則一無所有。我的朋友史帝摩爾太太（Mrs. Stilwell）就是這樣把錢虧光的。」她說得斬釘截鐵。

「兩者情況並不相同。您使用保證金，是因為這麼做可以買到的債券會比您全部用自己的錢直接買進更多。保證金交易可以在買入的證券下跌時為您的經紀商提供保障，這也就是他們最希望的。以目前的情況來說，理論上您欠我們六萬一千美元，但債券是在您名下，價值九萬六千美元，因此，如果您想把欠我們的錢還清，您只要指示我們賣掉債券，還我們之前先付的錢，然後留著您的保證金餘額，那也就是您一開始的本金。」

「我不懂為什麼我會欠貴公司一筆錢。我不太介意欠您錢，因為我知道您不會因為我對商業無知而占我便宜，但我從來沒見過威爾森先生或葛拉佛斯先生，我連他們長怎樣都不知道。」

「但您認識我。」科沃爾先生以充滿耐性的殷勤有禮回答。

「喔，科沃爾先生，我並不是擔心被騙。」她慌張地保證，「我只是不希望欠誰錢，尤其是欠完全不認識的人。不過，當然，只要你說這沒問題，我就放心了。」

「親愛的杭特太太，不要再擔心這件事了。我們以九六美元的價格買進債券，如果債券如我預期，應該會漲到一一〇美元，那你可以賣掉五分之三，拿回六萬六千美元，還我們六萬一千美元，把五千美元存進儲蓄銀行當成應急資金，賺取四%的利息，你另外還有四十張債券，每一年會付你兩千美元。」

「這樣就太好了。現在債券的價格還是九六美元嗎？」

「是的，你可以在報紙上的財經版看到價格，上面會寫著『債券』。你只要找『曼哈頓電燈，五%』就可以了。」然後他指給她看。

「喔，謝謝，感激不盡。當然了，我確實是個大麻煩，我很清楚……」

「杭特太太，您才不是，我非常開心能為您盡任何棉薄之力。」

科沃特先生忙著幾樁很重要的交易，並沒有時間密切追蹤曼哈頓電燈公司五%債券的價格波動。事實上，價格有任何變動時，都是杭特太太告知他的。自第一次來訪之後，幾天後她又來了，臉上透露出深深的煩惱。而且，她就像一個預期會聽到無法接受推託之詞的人那樣，臉上的表情透露出不完全堅定的決心。

「早安，科沃爾先生。」

「您好嗎？杭特太太。嗯，我希望您一切都好。」

「喔，我夠好了，但願我對我的財務問題也能這麼說。」她從每天虔心閱讀的財經報導上學到這句話。

「為什麼這麼說？怎麼了？」

「他們現在九五美元了。」她帶著一點指控的意味。

「他們是誰，請您說清楚，杭特太太。」他有點意外。

「債券。我昨天晚上在報紙上看到了。」

科沃爾先生笑了。他的輕浮讓杭特太太的怒火幾乎要被點燃了。

「您別擔心這一點，杭特太太。這些債券很好。現在市場有一點清淡，只是如此而已。」

「我有一個朋友，」她很慢很慢地開口，「非常了解華爾街，昨天晚上此人告訴我，這會讓我少了一千美元。」

「從某方面來說，確實如此。這是說，如果您想要出售債券的話。但是，在債券替您賺到相當的利潤之前您不會這麼做，因此您不用擔心。我懇求您，不要憂心這件事。等到了該出售這些債券的時機，我會告知您。如果價格掉了一、兩塊，也不用太擔心。我保證您很安全。就算現在發生恐慌，不管價格跌到多低，我都認為您不應該出脫。您不用擔心。事實上，您根本連想都不要去想。」

「喔，謝謝，非常感謝您，科沃爾先生。我昨晚一夜沒闔眼。但我知道……」

一位職員帶著一些股票憑證想進來，但很快停了下來。他很需要科沃爾先生趕快簽名，但與此同時，他又不敢打擾。杭特太太隨即起身說道：「好的，我不會再浪費您的時間了。祝您早晨愉快，科沃爾先生。非常謝謝您。」

「不要客氣，杭特太太。祝您早晨愉快。只要您有耐心，您手上這些債券會有不錯的表現。」

「喔，現在我都了解了，我會有耐心的，真的，真的。我也希望您的預言能成真。早晨愉快，科沃爾先生。」

這些債券一點一點下跌，但主事的銀行團還不想出手拉抬。杭特太太這位不具名的朋友——事實上，是她表妹艾蜜莉（Emily）的先生，他在上城一家銀行工作，他完全不知道這項交易任何特定的細節，對於華爾街他只有抽象概念上的理解，並據此在杭特太太本就容易動搖的心裡埋下焦慮種子，導致她夜不安寢。之後，當他看到價格下跌，就竭盡所能讓這顆種子長大，用不祥的暗示和搖頭，在本來就已經肥沃的恐懼土壤上施肥，還說了一些話讓杭特太太堅信，他正循序漸進且周詳體貼地替她做準備，以面對最糟糕的情境。杭特太太百般苦惱，到了第三天她走進科沃爾的辦公室。她一臉蒼白，看起來很痛苦。科沃爾先生不由自主嘆了口氣，這聲嘆息輕到幾乎難以察覺，而且也不算失禮，然後說：「早安，杭特太太。」

她嚴肅地點了點頭，並微微喘著氣，顫抖地說：「債券！」

「怎麼了？債券怎麼了？」

她又倒抽一口氣說：「報……報紙！」

「杭特太太，請問您要說什麼呢？」

她無力地跌坐在椅子上，彷彿精疲力竭。停了一會之後，她說：「所有報紙都這麼說。我以為《先鋒報》（*The Herald*）印錯了，因此我買了《論壇報》（*The Tribune*）、《時報》（*The Times*）和《太陽報》（*The Sun*），但所有的報紙都一樣，都一樣，」她哀傷地補充，「是九三！」

「所以呢？」他微笑地問道。

微笑並沒有讓她安心，反而惹怒了她，引起她的疑心。在所有人中，就是他最不應該把她失眠的事當成笑話。

「那不就代表損失三千美元了嗎？」她問。她的語調變了，透露出「你敢反駁就試試看」的意味，但她自己並沒有察覺。她的表妹夫可是個細心的園丁。

「不是，因為你不會在九三美元這個價格賣掉債券，而會等到一一〇美元或差不多這個價位時才賣。」

「但如果我現在想賣債券，那我不就要虧三千美元了嗎？」她挑釁地提問。接著，她很快地自己說出答案，「我當然會虧錢，科沃爾先生，連我也懂這一點。」

「杭特太太，您當然懂，但是——」

「我就知道我是對的。」她聲音裡的勝利壓不住。

「但您不會賣債券。」

「當然，我不想賣，因為我承受不起任何損失，更別說三千美元了。但我實在不知道要怎麼避免虧錢，明明一開始就有人警告過我了。」她說的好像就是因為有人先警示過了，所以她的處境更糟糕了。「我根本沒有理由把我所僅有的財產拿去冒險。」她已經放棄譴責別人了，她的態度顯然公平又公正，這很動人，科沃爾先生也為之感動。

「杭特太太，如果您想的話，您可以把錢拿回去。」他非常不專業地對她說，「您在這件事上顯然太憂心了。」

「喔，我不擔憂，真的。只是，但願我之前沒買就好了。我是說，這些錢放在推車人信託公司裡很安全，我沒辦法不去想，我大可把錢放在原本的地方，就算不能替我賺這麼多錢也沒關係。但是，當然，如果您希望我把錢留在這裡，」她慢慢地講，給他很多機會反駁她，「那我當然會按照您所說的做。」

「親愛的杭特太太，」科沃爾很有禮地說，「我唯一的希望是讓您開心，並能幫上您的忙。當您要買債券時，您一定要做好準備，要有耐心。您可能得等上好幾個月，才能在有獲利的條件下賣掉您的債券，在此同時，我也不知道價格會跌到多低，沒有人能告訴您答案，因為沒有人知道。然而，不管債券是跌到九〇美元、甚至是不太可能的八五美元，對您來說都沒有差別。」

「為什麼？您怎麼可以這麼說呢，科沃爾先生？如果債券跌到九〇，我就損失六千美元——我的朋友說，每降一塊錢，就損失一千美元。那麼，跌到了八五元……」她扳了扳手指，「十一塊，那就是，虧損了一萬一千美元！」她凝視著他，眼神中盡是充滿譴責意味的恐懼，「您怎麼能說沒有差別呢，科沃爾先生？」

科沃爾先生強烈痛恨起那位不具名的「朋友」，他對她說的不多，但是影響力極大。不過他仍然溫和地對杭特太太說：「我想我都對您解釋過了。雖然說債券價格不太可能下跌十塊，但萬一真的跌了，很可能會傷害脆弱的投機客。但這對您不會有半分影響，這是因為，您的保證金很高，您不會被迫賣出。您可以一直持有，直到價格再度漲回來為止。讓我再進一步說明，假設您的房子價值一萬美元，而且——」

「哈利付了三萬兩千美元。」她糾正他。再想了一想之後，她笑了，這是對他示意，她說房價多少並不重要。反正，他可能也知道真實的成本是多少。

「很好。」他和善地回答，「我們就說三萬兩千美元吧，假設附近的房子也是這個價錢。現在再假設，因為某個意外，或是某個理由，你們附近有三、四位鄰居開價兩萬五千美元，但完全找不到一個願意用這價格買下任何一棟房子的人。然而，您並不會跟著賣房子，因為您知道，等到秋天每個人都會回到城裡，您會找到很多願意用五萬美元買下您的房子的人。您不會把房子賣在兩萬五千美元的價位，因為根本不用擔心。現在您還會擔心嗎？」他興高采烈說完了。

「不會了。」她慢慢地回答，「我不擔心，但是……」她欲言又止，這是因為，說到底，她覺得自己的立場很尷尬。「我希望拿到錢而不是債券。」接著她語帶防衛地補充道：「一想到這件事，我已經三個晚上都沒睡了。」

想到自己即將解脫，科沃爾先生可開心了。「您可以達成願望，杭特太太。如果您如此希望的話，為何不早一點跟我說呢？」他的話裡有一點責備的意思。接著他叫來一位職員。

「開一張三萬五千美元的支票，收款人為蘿絲．杭特女士，然後把一百張曼哈頓電燈公司利率五%的債券轉到我的個人帳戶。」

他把支票給她，並對她說：「錢在這裡。我很抱歉，我竟在無意間讓您這麼焦慮。但只要結果圓滿就好了。不管什麼時候，如果有我能提供服務的地方——千萬不要客氣。請不用謝我了。別客氣了。早晨愉快。」

但科沃爾先生沒有告訴她，為了接收她的帳戶，他要支付九萬六千美元買下在公開市場裡用九萬三千美元就可以買到的債券。他是華爾街最客氣的人。

不過，說到底，因為他認識杭特好多年了。

一個星期之後，曼哈頓電燈公司利率五％的債券價格又回到了九六美元。杭特太太再次來訪。她來時已是中午，顯然，她為了這次來訪，花了一個早上在鼓足勇氣。他們彼此問候，她很尷尬，而他殷勤和藹一如以往。

「科沃爾先生，您還擁有那些債券，對嗎？」

「為什麼這麼問呢？是的。」

「我……我想拿回來。」

「當然沒問題，杭特太太。我會查一下現在要賣多少。」他叫來一名職員，要他去查曼哈頓電燈公司利率五％的債券報價。職員打電話給公司其中一位債券專員，得知現在可以用九六．五美元買到債券。他向科沃爾先生報告，科沃爾先生再告知杭特太太，並且補充，「所以，你看，基本上，價格已經回到您之前買進的水準了。」

她遲疑了。「我——我——您是不是在九三美元時從我這裡買走的？我想要用我賣給您的價格買回來。」

「不，杭特太太，」她說，「我是用九六美元向你買進。」

「但那時的價格是九三美元。」然後她像是要驗證般補充：「您不記得所有報紙上都有登嗎？」

「對，但我還給您的錢完全等於我從你手上拿到的錢，而且我是把債券移轉到自己的帳戶裡，這些債券在我們的帳簿上成本是九十六美元。」

「但您不能讓我用九三美元買下來嗎？」她不屈不撓。

「我非常抱歉，杭特太太，但我看不出來我要怎麼辦到。如果您此時在公開市場裡買進，您的狀況會和您賣掉之前一樣，您將可以賺到大錢，因為現在這些債券正在漲。就讓我用九六．五美元替您買進吧。」

「您是指，九三美元。」她帶著躊躇的笑容說。

「以現在市場要賣的價格買進。」他耐心地糾正他。

「科沃爾先生，您為何放任我賣掉那些債券呢？」她哀怨地問道。

去。」

「親愛的女士，如果您現在買進，您賺的錢不會比留著原始債券少到哪裡

「嗯，我還是不懂，為什麼我現在要付九六．五元去買跟我上個星期二用九三美元賣掉的同一批債券。如果是別的債券……」她補充，「我就不會這麼在意了。」

「親愛的杭特女士，您持有哪些債券並無差別，價格都會往上漲，不管是您的我的還是任何人的。您擁有的那一批債券和別人的債券都是一樣的。您懂的，對吧？」

「對啦……但……」

「很好，這樣一來，您現在的條件就跟您之前還沒買債券的時候一模一樣。您沒有任何損失，因為您毫髮無傷拿回全部的錢了。」

「我想要買這些債券，」她堅決地說，「我出九三美元。」

「杭特太太，我也希望我可以用這個價格替您買進，但是沒有人會用低於

九六・五美元的價格賣出。」

「喔，為什麼我要同意您賣掉我的債券！」她抑鬱地說。

「嗯，您很擔心，因為債券跌價跌得……」

「對，但我根本不懂生意這回事。您知道我不懂，科沃爾先生。」她以這句指責作為這番抱怨的結尾。

科沃爾先生用他天生的善意對著她微笑。「您需要我替您買債券嗎？」他問。他知道主事的銀行團有什麼計畫，他很確定債券一定會漲，也認為她可以分一杯羹。他打從心裡同情她。

她也報以笑容。「好，九三美元。」她對他說。雖然他解釋過了，但她還是覺得不對勁，幾天前價格是九三美元，但現在她卻要付九六・五美元買進。

「但如果價格是九六・五美元，我要怎麼買？」

「科沃爾先生，九三美元，其餘免談。」她幾乎要為了自己的大膽而害怕了。在她看來，債券的價格好像是要等她都賣完了才漲。雖然她想要債券，但她不想讓步。

「那麼，恐怕是免談了。」

「呃……那就早晨愉快了，科沃爾先生。」她快要哭了。

「早晨愉快，杭特太太。」他已經忘記了之前的紛紛擾擾，在還沒意識到之前，他又加了一句：「萬一您改變心意，我會很樂意……」

「我很清楚，就算我再活一千年，我也不會支付高於九三美元的價格。」她一臉期待地看著他，想看看他會不會後悔，然後她笑了，這個微笑是一個女人最後的武器，差不多是等於說出：「當然，我知道你會如我所願。我的請求只不過是一個形式而已。我知道你很尊貴，但我不怕。」然而，他卻只是鞠個躬，送她出去。

交易所裡，曼哈頓電燈公司利率五%的債券價格穩穩上漲。杭特太太憤慨到欲哭無淚，於是她跑去找表妹艾蜜莉和表妹夫商量這件事。艾蜜莉很感興趣。她和杭特太太逼著夾在中間的男士認同奇怪的事，刻意忽略他軟弱無力的抗議，他們很努力地說服自己，相信科沃爾先生必須讓朋友的遺孀以九三美元買進債券才是慷慨之舉，叫她用九六．五美元的價格買進明顯只是代表他盡了責任而已。當他們得出這個結論之後，杭特太太就知道該怎麼做了。她越想越生氣。隔天早上，她再次拜訪亡夫的遺囑執行人兼老友。

他臉上露出的表情，是通常在認為自己神聖且不可侵犯的權利遭到專橫之人踐踏、但同時又覺得因果報應之時不遠的光明磊落之人臉上會看到的表情。

「早安，科沃爾先生。我來問問您對於我的債券有何提議。」她的聲音裡傳達一種訊息：她預期對方會激烈反抗，甚至很可能會講出難聽話。

「早安，杭特太太。您為何這樣問？此話是什麼意思？」

他假裝一無所知，讓她臉上的情緒線條更加分明。他沒有大聲咆哮，反而在耍小手段！

「我想您應該知道，科沃爾先生。」她意有所指。

「嗯，我真的不知道。我記得當我請求您不要賣時，您並未考慮我的建議，當我建議您買回來時，您的態度也一樣。」

「對，用九六．五美元買回。」她憤怒地大喊。

「嗯，如果您有買的話，到今天的獲利已經超過七千美元了。」

「我沒買到是誰的錯？」她停了一下等待回答。沒有人答，於是她繼續說：「但算了。我已經決定接受您的提案。」她非常苦澀地說，就像是一個別無選擇的寡婦那樣，「我會用九六．五美元買債券。」接著她又輕聲地補上一句，「雖然實際上應該是九三美元。」

「但是，杭特太太，」科沃爾無比震驚地說，「您沒辦法這麼做，您知道的。您沒有在我建議時買進，我現在就無法用九六．五美元代您買進了。真的，您應該懂。」

她跟艾蜜莉前一晚挪出空檔時間，已經演練幾十次和科沃爾先生面談的情景（假設會發生激烈程度不一的衝突），雖然她們並不真的預期會發生這種事，但也模擬過態度跟現在一模一樣的科沃爾先生。杭特太太據此做好準備，要證明她知道自己在道德上和技術上享有哪些權利，任何人想要忽略她的權利，她會隨時反抗。於是她開口說話，聲音非常平靜，應該足以警告任何心中有愧的人不要輕舉妄動：「科沃爾先生，能請您回答我一個問題嗎？」

「無論幾個問題我都願意回答，杭特太太，這是我的榮幸。」

「不了，我只問一個問題。您是否留著我之前買的債券，有還是沒有？」

「這有什麼差別呢，杭特太太？」

他逃避回答！

「請告訴我有或沒有。您是否留著同一批債券，有或沒有？」

「有，我有。但……」

「誰有權擁有這些債券？」她還是很害怕，但是也很堅定。

「當然是我。」

「是您嗎，科沃爾先生？」她笑了。她的微笑裡透露出千百種感覺，唯獨沒有任何愉悅。

「是的，杭特太太，是我。」
「而您打算要留下來？」
「確實如此。」
「就算我支付九六．五美元，您也不會讓給我。」
「杭特太太，」他激動地說，「我在九三美元時從您手上接收這些債券，帳面上就損失了三千美元……」
她同情地笑了，她很同情他居然會認為她蠢到這個地步。
「當價格漲到九六．五美元時，您希望我用九三美元賣回給您，如果我照您所說的去做，這就代表我實際上要損失三千美元。」
她又笑了，同樣的笑容，只是這一次的同情還交雜著持續高漲的憤怒。
「為了哈利，我願意自行吸收第一次的損失，只為了不讓您憂心。但我看不出來為何我應該白白送您三千美元。」他很平靜的說。
「我從未要求您這麼做。」她憤怒地反擊。

「如果您是因為我的錯而造成任何損失，那情況當然不一樣。但您的原始本金毫髮無傷。如果您以基本上相同的價格買回相同的債券，您就沒有任何損失。現在您過來，要求我以九六．五美元的價格賣債券給您，但這些在市場上的售價是一〇四美元，我認為，如果我照做，相當於獎勵您拒絕接受我的建議了。」

「科沃爾先生，您利用我的立場占我便宜、羞辱我。哈利是這麼信任您！但是，我告訴您，我不會讓您順心如意的。無疑地，您會希望我回家並忘掉您對我所做的一切，但我要去找律師，看看我亡夫的朋友是不是應該這樣對待我。您做錯了，科沃爾先生。」

「是的，夫人，我確實錯了。為了避免再犯錯，若您能不再走進這間辦公室，對我來說就是大大的恩典了。請您務必去找律師談談。夫人，祝您早晨愉快。」華爾街最有禮貌的人如是說。

「我們走著瞧。」她只撂下這句話，然後就離開了辦公室。

科沃爾先生緊張地在辦公室裡踱來踱去，他很少任由自己發脾氣，他不喜歡這樣。報價機熱烈地轉動，他帶著心不在焉、有點厭惡地心情瞄了一下旁邊的機器。

「曼哈頓電燈利率五%，一〇六・一二五美元。」他讀著報價條上的字。

第 2 章

松節油市場崩盤

THE BREAK IN TURPENTINE

股市炒手是天生的，無法靠後天養成。
這是一門最難的藝術，炒作時必須很精明，
精明到看不出來有人在炒。

打從最一開始，提煉松節油的廠商就讓競爭陷入白熱化，導致每個人爭吵不休。之後，他們把吵嚷變成了沉默，沉默最讓人害怕了，因為這代表沒有時間浪費口舌了。每個人都在虧錢，而每個人都希望別人虧的更多一點，快一點破產。撐著生存下來的人深信他們一定有辦法繼續活下去，這是因為，如果市場上有十二家公司瓜分同一塊餅，所有人都會餓死，但假設到最後只剩下四家，那麼大家都能大賺一筆。

美國定期會出現一種現象：某個產業出現明顯的自殺潮。這種現象難以理解、無法說明，一般人也只會喃喃抱怨：「生產過剩！」並沾沾自喜地大搖其頭，得意自己診斷出麻煩的根源。現在輪到松節油產業了，過去這一行風生水起且獲利豐厚，如今只剩下破敗一片。昔日這行足以讓成千上萬的從業人員都過上滿意的生活，但是現在能給的薪資越來越低，做這一行的人也越來越少。

阿佛瑞德．諾伊斯塔特（Alfred Neustadt）是著名松節油產區裡的銀行家，他很早就提醒他的姻親注意這些可怕的徵兆。當諾伊斯塔特詳細論述時，這位姻親雅各・格林包姆（Jacob Greenbaum）整個人就興奮了起來，他看到的大好機會讓他樂得暈陶陶——他決定要成立一家松節油信託公司。

他先便宜買進破產的精煉廠，總共七家。之後，他成立信託的計畫是，這些一模一樣的精煉廠要轉給「長袖善舞章魚哥」、也就是他的姻親，而且是用很漂亮的價格，格林包姆講起來都佩服自己了。之後，他又取得九家精煉廠的購置權，全是做得累到半死的工廠。靠著這種方法，他得以控制「大量的產能」，而且價格非常漂亮——成本極低。這些也都在他的姻親名下。接下來，換格林包姆與拉薩瑞斯銀行（Greenbaum, Lazarus & Co.）上場，去找有意分一杯羹的人，愚弄或強迫更多的精煉廠求售，以確保成功，遇到比較頑固的老闆就用哄的，碰到比較容易上當的傢伙就用騙的，撞上比較精明的對手就先優雅地屈從，然後再全數收服他們。美國松節油公司（American Turpentine Company）就這樣成立了，股本總共三千萬美元，換個方法說，總共有三十萬股，每股一百美元。為了付錢給格林包姆、諾伊斯特塔和其他以「一部分現金加一部分股票」賣掉工廠的人，美國松節油公司需要現金，於是他們發行兩千五百萬美元、年利率為六%的債券，由格林包姆與拉薩瑞斯銀行、威卻斯勒銀行（I. & S. Wechsler）、莫瑞斯史戴菲德之子銀行（Morris Steinfelder's Sons）、萊斯與史丹銀行（Reis & Stern）、柯恩與費雪爾銀行（Kohn, Fischel & Co.）、溪柏曼與林德海姆銀行（Silberman & Lindheim）、羅森薩爾與薛弗朗恩銀行（Rosenthal, Shaffran & Co.），以及澤曼兄弟銀行（Zeman Bros.）組成的銀行團負責承銷。

他們都是從不「投機」的人，他們只是有時候會「從事金融操作」。這些人手上有工具，但沒有資產。

這家「信託」的公開說明書，是說服力與語焉不詳的經典傑作，統計數據少之又少，泛泛空談倒是很吸引人。申購期間內，大眾申購了兩千五百萬美元債券中的大部分，這家公司的債券和股票都在紐約證交所掛牌，這代表了這些證券也列入了交易所會員可以在「交易大廳」交易的標的清單中。

如果用表格來表示，銀行團的操作如下頁，詳見圖1。

付錢給四十一家精煉廠業主的資金來源如下頁圖2，他們生產了全美九〇%的松節油（為消費量的一二一%！）。

這些數字並未公開，但透露了事實。

大眾並不知道這家公司的獲利能力如何，只有公開說明書裡面幾個暫時性的數據，格林包姆說了，公開說明書是一種金融福音書，但這本福音書並沒有把投資人變成狂熱的信徒。股票並不是作家吉卜林（Rudyard Kipling）筆下的船，並沒有找到自己[1]，未經市場驗證，也沒有歷練過，沒有人知道應該投以多高的信任度。也因此，各家銀行都不把這家公司的股票當成貸款的擔保，「投機圈」（這是報紙對股票賭徒的稱呼）也不碰，因為緊要關頭很可能完全賣不出去。這就要靠著銀行團替股票造「市」，創造出條件，目標是讓任何人在任何時候，都能在不太困難且波動不會太大的條件下，賣出美國松節油公司的股票。畢竟，銀行團得賺取佣金。

額定股本	30,000,000
額定債券	25,000,000
總計	**55,000,000**
財產實際價值	12,800,000
灌水浮報金額	**42,200,000**

（單位：美元）

圖1

銷售債券現金	8,975,983
債券	12,000,000
股票	18,249,800
總計	**39,225,783**
銀行團佣金、股票	12,988,500
保留在公司內，未發行的	2,000,000
費用與債券折價等	785,717
總計	**55,000,000**

（單位：美元）

圖2

1 吉卜林寫過一本書《找到自己的船》（*The Ship that Found Herself*）。

拿到股票作為部分支付款的松節油製造商都被格林包姆先生再三告誡，不管在任何情況下，都不能以低於每股七五美元的價格賣掉。他們雖然不了解格林包姆先生，但非常願意也很鄭重地承諾聽從他的話。在和格林包姆談完之後，他們甚至允許自己認為，有一天他們手上的持股可以來到每股八〇美元。這麼一來，任何銀行團以外持有美國松節油公司股票的人，絕對不會在不對的時機「出貨」了。

格林包姆負責這檔「Turp」股票在市場上的動向，「Turp」是報價條上的美國松節油公司股票代碼。一開始，透過「撮合」交易單，股價節節上漲。這都是事先協調好的，因此不是真正的交易。透過事先安排，格林包姆先生會要他其中一位股票經紀商賣出一千股「Turp」股票給另一位經紀商，第二位經紀商很快又把這一千股股票賣給第三位經紀商（這就是撮合流程），結果是報價單上會記錄了交易量為兩千股。在「撮合」一陣子之後，緊盯報價的人會以為這檔股票很熱絡、很強健，而這兩點回過頭來又會刺激買氣。這違反證交所不得「搓合」交易單的規定，但是要定他們的罪又談何容易呢？

「Turp」剛掛牌時是每股二五美元，由於市場裡的全部股票都在銀行團手上，很輕鬆就炒作漲到三五美元。根據證交所的官方記錄，每天有幾千股「換手」：從格林包姆的右手換到左手，然後又換回來，股價則持續上漲。但其中似乎少了什麼。這樣的炒作不太讓人信服，並沒有成功讓一般大眾買單，唯一的買家是「場內交易商」，也就是交易所會員這些專業的股市賭徒，他們只會為了自己投機；再來就是券商的散戶客戶，這些人已經投機上了癮，一天不做就受不了，他們孜孜不倦地研究報價條，因此也被人稱作「報價條蠕蟲」（tape-worm）。這些股民進進出出交易所，只要報價條上用奇特的語言預示了會上漲，他們什麼都買，哪管企業是不是以厚顏無恥為資本，比方說後灣天然氣公司（Back Bay Gas），該公司的資產實際上一文不值，但股本達一億美元，直逼政府公債規模。

場內交易商以及報價單蠕蟲的所持理由並無不合邏輯之處，他們眼見「格林包姆幫」握著全部的股票，知道這一幫人必定得替股票找個市場，唯一的辦法就是營造出一個熱絡的「牛市」，也就是要帶動漲勢。當一檔股票一漲再漲，報紙就會不斷報導著相關的好消息，股市待宰肥羊讀到之後不僅不會心生警惕而逃走，還會出手買進，因為他們假設這檔已經漲了十元的股票，可能還會再漲十元。這解釋了為何他們會在華爾街投入這麼多錢：多數人都有這種追高看漲的天性。

格林包姆和他那一群夥伴都是非常精明的生意人，對華爾街以及其運作方式瞭若指掌，行事謹慎又大膽，富有遠見且傑出。這些人是很實際的金融家。他們把「Turp」這檔股票的價格拉高十元，但無法拉高大眾的興趣、讓股民出手買進。確實，歷經了三個星期，華爾街已經充斥著各種動人的建議，有書面也有口語相傳，勸大家買進這檔股票，因為價格還會再漲，但這群人碰上的麻煩是市場上的股票太多了：一位從事精煉松節油的製造商伊拉．吉普（Ira D. Keep）以三八美元賣出了六千股，因為他需要錢。格林包姆幫必須從「場內交易商」手上以三五、三六美元與更高的價格，買回他們以三〇、三一、三二和三四美元賣掉的股票。之後，這些操盤手必須把股價「撐在」更高的價格，這是指，他們要防止股價下跌，只有靠不斷買進才能撐住盤面。當他們穩住盤勢，大眾可能會以為這檔股票價值可觀，即便之前已經漲過一段了，聰明人還是很喜歡這檔股票，抱著這家公司不放。散戶股民通常都會自問：如果這些聰明人都想要「Turp」，那一般人何不跟著他們的腳步？這就是垂涎金融市場的人想要分一杯羹、享受美好滋味的心態。

銀行團每一次想要出脫「Turp」，都鎩羽而歸。到最後，他們終於決定放手讓價格跌到「可以迎來買氣的低價」水準，而且也動手去做了。然而，一般大眾仍然不為所動，不出手買進。他們想要鼓動放空，把股價拉到「有軋空空間」（squeezable）的水準，這類操作同樣也失敗了。華爾街不敢「放空」股票被特定人士牢牢掌握的股票。「放空」的人賣的是自己手上沒有、但希望之後能以較低價格買進的股票。然而，由於他必須交割自己賣出的股票，必得從別人手上借券，並支付高額的保證金給出借股票的人。所謂「回補」（cover）或「買回」（buy in），是指買進之前放空的股票。做空一檔被少數人把持的股票顯然是不智之舉，因為要借券可能會有困難。所謂「軋空」（squeeze short），是指拉高價格，強迫放空的人回補。放空的人很多時，就值得這麼做。

接下來幾個月，歷經了幾次不甚明智的波動之後，讓「Turp」惡名昭彰，就連華爾街也議論紛紛。儘管這家公司的業績表現亮眼，而且只發行了不到三萬五千股，但這群被一般人冠上「松節油騙子集團」的人痛苦地體認到，雖然他們巧妙地籌組了信託，而且在發行債券這件事上做得不錯，但他們扮演起股市炒手的角色卻不太成功。在接下來八個月，他們賣掉更多股票。他們連孤兒寡婦都不放過，甚至還「黏上」自家親朋好友。他們要賣掉的東西等於是沒有成本，自然是能賣就賣，多多益善。

股市炒手是天生的，無法靠後天養成。這是一門最難的藝術，炒作時必須很精明，精明到看不出來有人在炒。誰都可以買賣股票，但不是每一個人都能在賣掉股票的同時還傳達出一種印象，讓人覺得他其實是在買進，而這樣一來，價格必會越推越高。這需要膽大無畏和絕頂的判斷力，還要掌握股市技術面條件的相關知識，要具備無窮無盡的足智多謀與機敏心態，也要絕對熟稔人性，要審慎鑽研奇特的博弈心理現象，同時要累積出長期與華爾街大眾以及美國人民神奇想像力交手的經驗，更別提還得清楚明白要聘用哪些經紀商、他們的能力、極限與個人氣質，還有他們的索價。

此外，唯有靠著多做苦工、拿出耐性和捨得花錢，才能精進炒作技巧，臻於完美。華爾街的專業人士總是說「報價條會說故事」，因此，炒作的人必須在這些小小的紙帶上好好創作，說出他們想對大眾說的故事。他們必須營造出特殊效果，表面上呈現自然而然的吸引力，還有，最重要的是，要展現出合法合理、坦白誠實。炒作者必須是傑出的虛偽說謊專家，同時又要如大灰熊一般超級自信。

銀行團裡有幾個人具備上述特質中的許多項目，但沒有一個人全數完備。他們後來決定把「Turp」這檔股票交給山謬・溫貝爾頓・夏普（Samuel Wimbleton Sharpe），他是華爾街有史以來最棒的炒手。小名「傑奇」（Jakey）的格林包姆先生說，他會負責和這位偉大的投機客協商。

夏普是金融業的自由工作者、自由傭兵與自由思想家，他在亞利桑那州的採礦區賺到第一桶金，後來發現礦區太狹隘了，於是前往紐約，在這個地方，他可以賭到心滿意足。他擁有理想型的炒手應具備的所有特質，甚至還有幾項錦上添花的優勢。他初到紐約時嘴角帶著冷笑，在他用來炒作金融商品的手上握著一把上了膛的左輪手槍，其他的「大作手」則萬分驚恐地看著他。「我明明白白亮出我的武器，」他對他們說，「你們卻暗藏短劍。不要假裝看起來很誠懇，那只會傷了你們自己。我是絕對不會放過你們這些人的。」這樣的會晤，催生出的是絕對不會消失的敵意。夏普不會像對手那樣，為了自己要出貨就硬塞給別人，也不會高估資產的資本、然後用美麗精緻的謊言賣給沒有辨別能力的一般大眾。他們恨恨地說他是賭徒，他反倒快活地喊他們慈善家。如果他認為某一檔股票價格已經高到不像話，他就會自信、積極且大量地賣出。如果他認為某檔股票太低，則會大膽進貨，有多少就買多少，而且還會出價買更多。當股價開始大步往前走之後，他很可能會在對手脅迫之下停手一天、一個星期或一個月，暫時收斂鋒芒，然而，最終他必能達成目標。他總是漂漂亮亮達陣！

他是一個無與倫比的股價炒手。牛市時，他會忙著把某一檔股票推高，穩定、大膽而且推得漂亮，還有，最重要的是，他非常堅定，小賭徒幾乎都得拼盡全力奮戰，才能用很高的價格從他手裡搶到股票。當他看到適合「重擊」市場的時機來臨，他會熟練地在熊市出擊，股價就像變魔術一樣，逐漸消失不見。可憐的股市肥羊會想：「唉，這是魔鬼的戲法吧。」此時所有的股票看來都「病入膏肓」，眼看還會繼續下探，市場裡四處流傳著利空消息的耳語，語焉不詳、惹人心煩、醞釀崩盤。華爾街的氣氛充斥滿到溢出來的憂懼，恐慌的黑色陰影籠罩著交易所，令小賭徒極為膽寒，掃光他們最後的一點保證金。就連穩固、保守大銀行裡的總裁，也在辦公室裡焦慮地研究報價。

格林包姆很快就被請入夏普的個人辦公室。這間辦公室裡有一半都是黑的，不分季節，窗戶上都罩著鐵絲網，這是為了不讓對街窺探的眼光看到他的訪客或祕密往來的經紀商，別讓華爾街的人知道這些客人來歷是比較明智的作法。他會在辦公室裡走來走去，偶爾停下來檢視報價條。報價機是這位股市大將軍擁有的唯一望遠鏡，讓他知道自家的兵力表現如何，敵軍又如何迎戰他的攻擊。報價條上的每一吋都是戰地，每一筆報價都是你來我往的槍林彈雨。

在夏普悄然無聲的腳步裡，在他的鬍鬚裡，在他的臉龐裡，那寬闊的前額和三角形的頰窩，藏著狡猾。他的雙眼裡也流露同樣氣息，那是一雙如虎一般的眼神，看著格林包姆先生時，流露出沒什麼事值得大驚小怪的冷酷與淡漠的好奇心。這位沒有什麼想像力的信託創辦人不由自主在心裡自問，夏普的心跳是不是已經變成了報價機的滴滴響，不帶感情地指出股市的脈動。

「哈囉，格林包姆。」

「您近來好嗎，夏普先生。」這位身價達幾百萬美元的格林包姆與拉薩瑞斯銀行資深合夥人說，「願您事事順利。」他把頭偏向一邊，雙眼展現出親切誠懇之情不斷檢查周邊狀況，彷彿是要確定夏普先生的健康狀況是否良好。

「很好，您想必順利安康。我好久都沒看到您這麼神清氣爽了。」

「格林包姆先生，您過來可不是來跟我說這個的吧，對嗎？您的松節油公司怎麼了，喔！」他長長地吹了一聲口哨。「我懂了，您要我跳下來做，是吧？」然後他笑了，笑聲裡有一半的輕笑，一半的咆哮。

格林包姆尊敬地看著他，然後露出一個假假的笑容，並說：「被您發現了！」

幾乎每一個美國人在耍幽默的場合都會遇到一搭一唱的對手。把最重要的生意拿來開玩笑，是美國人特有的天性。此外，如果夏普拒絕了，格林包姆就可以把這整件事當成玩笑的一部分，從提議到拒絕都是。

「那要如何？」夏普不帶幽默感地問道。

「大家合作組個炒股團如何？」

「多少？」他很冷淡。

「無上限。」這位信託創辦人又笑了，不太敢肯定。

「我想，你們應該沒有全部的股本吧？」

「嗯，就假設我們手上有十萬股好了。」格林包姆接著說。他更不安，也更沉重了。

「除了您之外，還有哪些人？」

「喔，您知道的，就是那一群老面孔。」

「喔，我知道的。」夏普先生嘲諷地模仿對方，「就是那一群老面孔。您應該更早之前就來找我的。要恢復各位的聲譽還需要施點力。每個人要拿多少？」

「如果您答應主掌大局，我們會解決這件事的。」格林包姆回答，同時也笑了，「我們手上有超過十萬股，我們很願意把一部分交給別人持有。我們可不是自私貪心的髒豬，哈哈！」

「那，精煉商呢？」

「他們也在裡面，他們多數股票都控制在我手上，依我看，在我點頭之前這些股票是不會流出去的。」

他們停頓了一會，夏普的眉心擠出了兩條深深的皺紋。最後他說：

「帶您的朋友們過來，今天下午就來。再見，格林包姆。還有，格林包姆啊。」

「什麼事？」

「在這場局中，任何時候都不准耍一些可笑的花招。」

「這些東西又有什麼用呢？夏普先生。」他假意地皺了皺眉頭。

「沒有用處，所以你們什麼都別試。四點過來。」夏普先生開始在辦公室裡走來走去，格林包姆有點遲疑，仍然皺著眉頭，但他什麼也沒說，終於離開了。

夏普看著報價條，「Turp」股價為二九．二五美元。

他又開始不安地踱前踱後。每當市場「和他作對時」，夏普先生才會停下腳步不在辦公室裡走來走去，不再像動物園獸籠裡動物邁開機械性腳步，到處看但什麼也沒看進去；如果市場出現了意外，夏普整個人就會定在報價機旁邊，因為他運作過度的神經此時會繃得很緊，就像一隻老虎發現籠子裡有陌生且可食的動物闖進來。

四點鐘一到，格林包姆與拉薩瑞斯銀行、威卻斯勒銀行、莫瑞斯史戴菲德之子銀行、萊斯與史丹銀行、柯恩與費雪爾銀行、溪柏曼與林德海姆銀行、羅森薩爾與薛弗朗恩銀行，以及澤曼兄弟銀行的資深合夥人都來見夏普先生了。

他們沒有被引入夏普先生的私人辦公室，而是來到裝潢豪華的會議室，牆上掛著幾幅華麗的油畫，描繪的主題盡是駿馬與賽馬。訪客在長型的橡木桌旁坐了下來。

夏普先生在門口現身。

「各位先生，大家都好嗎？請不用起身，不用起身。」他無意和任何人握手，但格林包姆走向他，堅定地伸出自己肥厚的右手，夏普也握了一下。之後格林包姆坐了下來，並說：「我們都到了。」然後殷勤地笑了。

夏普站在這張閃閃發光的會議桌前頭，慢慢地掃視兩邊警醒的臉孔。他的目光和每個人的眼神只對到幾秒鐘，他那種犀利又半帶蔑視、威嚇的樣子，讓年長的人很不自在，年輕一點的人則感到很憤恨。

「格林包姆告訴我，各位希望把松節油的股票集結起來，要我替你們行銷。」

所有人都點頭，有些人回答「對」，其中一位約莫二十七歲的林德海姆先生無禮地說：「就是這樣啦。」

「很好。每一個人的占比是多少？」

「我列了一張清單，夏普。」格林包姆拿了出來。他故意不講「先生」二字，想在同僚面前製造一點效果，夏普注意到了，但他不在乎。

夏普大聲讀出來：

格林包姆與拉薩瑞斯銀行：三萬八千股

威卻斯勒銀行：一萬四千股

莫瑞斯史戴菲德之子銀行：一萬四千股

萊斯與史丹銀行：一萬一千股

柯恩與費雪爾銀行：一萬股

溪柏曼與林德海姆銀行：九千股

羅森薩爾與薛弗朗恩銀行：九千八百股

澤曼兄弟銀行：八千六百股

總計：十一萬四千四百股

「各位，這樣對嗎？」夏普發問。

格林包姆點了點頭，並露出與最大股東地位相襯的殷切笑容。有人回答「是的」，也有人說「正確」，年輕的林德海姆則答道：「就是這樣啦。」林德海姆銀行的創辦人（是他的伯父和他父親）已經過世，他從兩人手上繼承了整家銀行，但是兩位父執輩都不像他這麼輕浮。

「了解。」夏普慢慢地說，「我要完全掌控這個炒股團，從事我認為適當的操作。我不需要建議，也不接受提問。如果有任何要求，我會照辦。如果認為我的作法不適合各位，我們就在這裡馬上取消這筆交易，因為我只會這種方法。我很懂我這一行，如果你們也明白自己的工作，那你們在這間辦公室裡，還有出了這扇門，都請閉上嘴。」

沒人說半個字，連林德海姆也沒有吭一聲。

「你們每一個人都繼續持有自己答應放進這個炒股團裡的股數，你們已經持有一年了，一直賣不出去。接下來，在我替你們賣掉之前，你們可能還要再多持有幾週。一切都要由我在行動前一分鐘告知。我已經看過這家公司的業務，我認為可以輕鬆用七五或八〇美元的價格賣掉股票。」

這八位死硬派的投機客居然發出一聲像驚嘆的喘息，接著，格林包姆露出知情的微笑，彷彿整件事都是他的策畫，只不過由夏普背下來、說出口。

「我們還要釐清的一點是，」夏普非常冷靜地說下去，「除了在這個炒股團裡的股分之外，你們任何人手上都沒有其他可任意出售的股票，當然，這個炒股團裡的股票，除了我之外誰都不能賣。」沒有人開口，而他繼續說，「我的利潤是這個炒股團獲利的二五%，從股價二九美元時起算。剩下的利潤由你們按比例分配，必要的費用也用同樣的方式均攤。我想就這樣了。還有，各位先生，不可以偷偷出貨，一股都不行。」

「夏普先生，我希望您理解，我們並不習慣……」格林包姆帶著虛假的自尊開口說話，他覺得自己有責任在同伴面前出言抗議。

「喔，沒關係，格林包姆，我知道你這個人。就是因為這樣，我才與眾不同。我們在華爾街也不是一天兩天的事了。我只是要表達，不要耍手段，還有，格林包姆，」他非常清楚地補充說明，眼神中透露著好奇、冷漠和威脅，「我是認真的，每一個字都當真。給我所有人的股票憑證編號。各位先生，現在請容我告退了，我很忙，午安。」

名聲響亮的松節油股票大多頭炒股團就這樣成立了。這一群人雖然覺得夏普可以和氣一點、圓滑一點，但因為他們有求於他，並不是他來懇求這些人的幫忙，因此，他們只得忍受夏普先生的特立獨行。畢竟每一個炒股團的操盤經理人都有自己的一套，外面各式各樣的炒股團可多了。

「山姆根本沾不上壞人的邊。」他對這一群人說，彷彿是為了摯友的缺點而道歉，「他想要把自己塑造成一個憤世嫉俗的惡魔，但他真的不壞。如果讓他高興的話，他什麼都肯做。我一向都讓他走自己的路。」

隔天，這檔松節油股票就開始了歷史性的股價三級跳，一開盤就來到三〇美元。那些專門負責交易這檔股票的券商專家，買進了一萬六千股，把股價帶高到三二・一二五美元。每一個曾經在高價「追高」這檔個股、自買進之後就後悔不已的人，現在開始覺得有希望了。以前從來沒有人像夏普炒松節油這檔股票這樣，以蓄意的欺騙和惡意的預謀來炒作一檔股票。報價條上講述的是世界上最棒的故事，好到不能再好，因為完全不是真的。一天之內，華爾街的一流券商全變成了這檔股票的買方，這麼一來，就免不了讓人討論起是不是有什麼「重大發展」。隔天，股票經紀人發現一些知名金融家冷靜、刻意、默默地接下所有股分，這明白指出這些金融家已經取得了美國松節油公司的「掌控權」（意指他們手上握有大部分的股票）。又隔一天，出現了一長串要買進「零股」的買單（也就是不到一百股），買方是通常替格林包姆銀行團處理業務的股票經紀人，這表示，銀行團的友人直接收到了「內部人士」的線報，正在買進這檔股票投資。

接下來，在某個風和日麗、陽光普照的日子裡，每個人都覺得心曠神怡，市場大致來說也很穩固，喋喋不休的報價條對華爾街小心翼翼的專業賭徒透露

（喔，話可說得明白了！），已經出現「內線人士要落袋為安」的現象了，對這些人來說，訊息的意思再清楚也不過了：最熟悉這檔股票的人正在倒貨。夏普在賣股了，他故意笨手笨腳地賣，這些都是他在炒多頭行情時被迫買進的股票（他必須買進很多，才有辦法拉高價格）。他也不避諱留下正在賣股的印象，因為這樣能夠帶動做空的興趣，量夠大的話「軋空」就會有利可圖。他在多頭時買進太多了，專業的賭徒很肯定地說：「啊哈！他們要完了，漲勢要結束了！」，並信心滿滿放空「Turp」，因為一檔沒有業務支撐的股票沒道理可以漲到一股四六美元。股價跌了，隔天他們賣更多，但又隔了一天，一家非常保守的券商董事跟著群眾加入了「Turp」的行列，買進了股票，而且他並不是「喊價炒高」股價而已，只是實際行動不斷地買進再買進，直到買足了兩萬股。空方慌了，近期即將發放股利的傳言開始流出，於是做空的人在虧損的情況下回補空頭部位，「反手做多」，希望股票能再繼續漲，最後這檔股票以五二美元作收。

而夏普也大幅出脫他為了炒作而不得不買進的「Turp」股票。到目前為止，他買的比賣的多，之後，他賣的會比買的多。當需求超過買得到的供給量，價格顯然會漲；當可供銷售的供給量超過需求，結果就是跌價。在賣出期間雖然股價會下跌，但慢慢賣下來均價仍高，操作仍有利可圖。

「Turp」停了一個星期沒什麼動靜，之後開始另一波漲勢。來到五六、五八美元時，這檔股票變成所有上市股裡最熱絡的一檔，大家都在討論，報紙跟著開始登出公司出色獲利的報表，華爾街也逐漸認為，美國松節油公司和其他「信託」一樣，必然是一家前景看好的企業。這家公司在此時還養成了一種習慣，每個星期都上調每加侖松節油的售價，雖然漲幅不到一美分，但足以讓報紙開始談松節油這一行的榮景了。

股價來到六〇美元時，華爾街認為漲勢背後一定有什麼因素在發酵，光靠炒作沒辦法在一個月裡就拉了三〇美元，這一點正好凸顯出夏普是一位多麼出色的藝術家。人們開始以好奇、崇敬且羨慕，再加上許多其他複雜的情緒，來看待「傑奇」．格林包姆和他的同夥，指控他們故意壓低股價長達一年之久，以便「嚇走」可憐、比較沒這麼老練的股東，讓早期的買家「厭煩之後出脫」，因為「Turp」是「一檔好股票」，格林包姆等人想要全部據為己有。格林包姆等人心虛地笑了，什麼都沒說，但旁人在和傑奇聊這檔股票時，他不時會眨眨眼，老伊西多爾．威卻斯勒（Isidore Wechsler）練就了拿破崙三世（Napoleon III.）邪惡狡詐的表情，鮑伯．林德海姆（Bob Lindheim）則變得更穩重，近視的小莫瑞斯．史戴菲德（Morris Steinfelder）胖了六、七公斤，羅森薩爾不再拍大家的背，反而默默地請大家拍拍他的背安慰一下。

接著，夏普派人把傑奇找來，隔天炒股團裡的年輕人艾迪．拉薩瑞斯（Eddie Lazarus）便大張旗鼓地用一萬美元跟人家賭五千美元，賭的是「Turp」這檔股票今年一定會宣布發放股利。報紙也自動開始猜測公司會發多少股利、什麼時候發。股票經紀人在交易室裡提出的猜測數字百百種，他們向聽眾信誓旦旦地保證，他們「得到的是精準的數字，因為是直接從內線人士口中聽來的」。兩天後，那些夏普專用、沒有人起疑的股票經紀商提出要加價一．七五％收購十萬股股票的股利，他們說，公司六十天內就會宣布發放股利，如果沒有，賣方就可以把這些錢收進自己的荷包。接下來，這檔股票漲到六六．七五美元，人人都想買。廣大的市場就這樣成形了，在這裡，誰都可以輕輕鬆鬆買賣幾萬股。剛開始炒作時有十一萬四千四百股滯銷股票，一開始的價格是每股三〇元，理論上來說，這就表示資本為三百四十三萬兩千美元，如今，這檔股票隨時可以用每股六五美元的價格賣掉，代表總市值達七百四十三萬六千美元，短短幾星期的運作就有這樣的成績，還算不壞。

而這個神奇的男人夏普仍按兵不動，沒有發出任何他要開始拋售的信號。炒股團裡的其他人開始希望他不要這麼貪婪，他們表示，如今已經很滿足，想要出場了，炒股團這群人手上的股票開始讓他們感到暴躁又惱火了。他們知道世事無常，政治充滿不確定性，股票市場也一樣。假設某個瘋狂的無政府主義者轟掉美國總統，或是德國的皇帝去汙衊自己的祖母，市場就會「崩壞」成碎片，他們高達四百萬美元的紙上總獲利也會化為烏有。他們個別來、一起來，懇求格林包姆去拜訪夏普，儘管格林包姆心裡有個微弱渺小的聲音警告他別這麼做，但他還是去了夏普的辦公室，兩分鐘後就走出來了，不知為何滿臉通紅，並向他的同伴一個一個地保證夏普沒問題，他知道自己在做什麼。還有，夏普一整天都暴躁不安。格林包姆寬容地補充說明，每次夏普的馬輸了比賽時，他就會這樣發脾氣。

這檔股票在六〇美元和六五美元之間波動，看起來漲勢碰到了停下來的魔咒。不過，在前面上攻的過程中，這檔股票也曾有三段期間熄火，分別在四〇美元、四八美元和五六美元，有鑑於此，每次跌到六〇、甚至五九元時，大家就更急著搶著要，因為現在華爾街消息滿天飛，都說「Turp」會漲到預期水準。大眾這種投機情緒，再加上夏普的操作得宜，讓無涉利益的旁觀分析者也相信這檔股票至少會漲到九〇美元以上。夏普先生還在買也還在賣，他賣出的量比買進的量多兩倍，他在炒作期間不得不買進的大量股票現在已經大幅減少。隔天，他希望開始賣炒股團裡的股票。

這一天，格林包姆先生用完午餐返回辦公室，美食佳餚讓他心滿意足，連帶的，他也滿意於自己和身邊的萬事萬物，深感一切美好得不得了。他瞄了一、兩吋的報價條，笑了。「Turp」當然還是交投熱絡，而且很強勢。

「在這個市場裡，」格林包姆心想，「夏普不可能發現他買到的是我的股票。為了能安全上岸，我要賣個幾千股給他。萬一發生什麼情況，我也已經提前布局了。艾克（Ike）！」他叫來一名職員。

「有事找我嗎，格林包姆先生。」

「賣兩……等一下，賣三千股……不要，算了，請艾迪·拉薩瑞斯先生過來。」然後他帶著一種壓抑著的喜悅心情，對自己低聲咕噥，「我何不乾脆賣個五千股好了。」

「艾迪，」他對合夥人的兒子說，「下個單給場內交易員，找威力·薛福（Willie Schiff）好了，賣掉五……呃……六……叫他賣掉七千股松節油股票，但要借券來賣。我沒有賣股票，看到了嗎？」他眨眨眼，「那是他在放空，你懂吧？」

「我懂嗎？嗯，我想我懂吧。我會解決這個部分，沒問題。」年輕的拉薩瑞斯志得意滿地說。他想他可以穩當地掩護格林包姆的行藏，騙過每個人，包括那個很難相處的男人山謬．溫貝爾頓．夏普。他覺得自信滿滿、得意洋洋，因此，這個年輕人在下單給朋友兼俱樂部夥伴威力．薛福時，把交易量提高到一萬股。格林包姆的信心缺口，從本來相對小額的兩千股膨脹了五倍，變成了最後的下單量。這很明確就是放空，並由年輕的薛福循正當管道「借券」。本來人家就是叫他這樣做。一開始，炒作團裡沒有人敢拿出自己持有的股票，因為夏普可以循著賣股的記錄追蹤到各辦公室，而且他手上有股票憑證編號。還有，放空的賣出不像做多的人賣出手上持股會造成這麼嚴重的殺傷力，以做空的方式賣出股票時，顯而易見的是，賣方或早或晚都必須把股票買回來，這表示，就算其他人都不買，未來這方面還是有確定的股票需求。然而，做多的股票實際上則是握在某個人的手裡。

就在格林包姆好得不得了、根本沒有任何不適感的同一天，持有一萬四千股的伊西多爾·威卻斯勒日子卻過得很不順。這個星期，有一批很著名的藝術品要拍賣，威卻斯勒很確定他粗鄙的友人艾博·沃爾夫（Abe Wolff）會買下一兩件法國畫家特魯瓦永（Troyons）的絕佳畫作以及一件同為法國畫家柯洛（Corot）的舉世聞名作品，因為他希望能看到自己的名字見報。

「『Turp』，六二·八七五美元。」他的姪子就站在報價機旁，開口對他說。

老威卻斯勒想到了一個主意。如果他在六二、六三美元時賣掉兩千股松節油股票，那麼，他就有錢在拍賣會上買下十件最棒的油畫了。他的名字（以及他支付的金額），將會為報紙的字裡行間平添光彩。那麼，賣三千股、甚至四千股又如何？反正夏普已經替這檔股票創造出又大又廣的市場了。

「既然我要賣的話，何不賣個五千股，誰知道如果夏普一直守在他的市場裡不出場會怎麼樣。我要在西赫特斯特（Westhurst）大宅（這是他在鄉下的別墅）裡建一座新的馬廄，起個名字叫……」老威卻斯勒用華爾街的人都知道的特有滑稽語調自言自語，「松節油駿馬旅館好了，用來向夏普致敬。」於是，老威卻斯勒下單給赫格斯與緯欣公司（Herzog, Wertheim & Co.），之後收到這家公司下單的交易員哈特（E. Halford）就這樣賣了五千股。當然，也是用放空賣出的方式操作。

這一群人的信心破口現在來到了一萬五千股。

這天傍晚，鮑伯．林德海姆貌美如花的嬌妻想要一條項鍊，而且馬上就要，她還希望這是一條鑽石如榛果大小的項鍊。她聽丈夫說過夏普非常善於操控松節油公司的股票，而且她也知道他「在底部進場」。她常常讀報，一直很勤奮地追蹤這檔股票的狀況，因為年輕可愛的林德海姆在做股票交易時習慣不時會分一點給她，有獲利時，她也學會計算自己的「紙上」、或者說是理論上的利潤有多少，萬一林德海姆想要「賴帳」的話，也辦不到。這天傍晚，她替他算好了所有數字，讓他看看自己賺了多少錢，還有，她想要那條項鍊。她已經渴望擁有項鍊好幾個月了，這一條也只要一萬七千美元而已。另外，她還想要一只漂亮的手鐲、一些鑽石跟紅寶石，還有……

林德海姆堅持要守信用，反對妻子的提議並對她說：「親愛的，我們要等炒股團實現獲利時才能賣，我不知道那要等到股價來到多高，因為夏普也沒說，但我知道我們都會大賺一筆，你也是。到時候我會用每股成本三〇元的價格給你五百股，一定！」

「但我現在就想要！」她噘起嘴抗議。她美極了，每次她噘起嘴，雙唇更顯得豐滿、紅潤……

「再等一個星期，親愛的。」他還是這麼要求她。

「那你現在先借我錢，等你把我從這筆交易中賺到的錢給我之後，我再還你。」她說出了一個兩全其美之計。看到林德海姆臉上猶豫的表情之後，她又慎重地補充：「親愛的，我說到做到，這次我一定會全部還你，一毛不差。」

「我想一想。」林德海姆說。每次他要投降時就會這麼說，她心裡有數，因此她很有氣量地回答：「親愛的，當然沒問題。」

林德海姆心想，賣個一千股就好了，因此他決定隔天就這麼做，反正沒有人知道未來會發生什麼事，意外很少發生在推高多頭牛市的利多。當他進了辦公室，遠離妻子和她所施展的影響力後，更冷靜、更慎重地思考這件事，他就越發認為賣掉一千股松節油公司的股票是錯的，他何不乾脆賣掉兩千五百股。於是他就這麼做了。他是一個很低調的人，也很年輕，他太太的表親替他賣了股，顯然也是用放空操作。

信心缺口現在來到一萬七千五百股了。這檔股票的市場還很穩，夏普這傢伙的確很出色。

遺憾的是，小莫瑞斯．史戴菲德此時決定要賣出一千五百股「Turp」，也真的動手賣了。他賣股票時，這檔股票實際上還漲了〇．五美元，因此，他之後又多賣了一千五百股，接著，停手前臨別秋波又賣了五百股。這些都是透過一位沒人懷疑的股票經紀商操作。

現在信心缺口總計達兩萬一千股，市場有點受到影響了。

萊斯與史丹銀行的路易斯・萊斯（Louis Reis）、柯恩與費雪爾銀行的安迪・費雪爾（Andy Fischel）、澤曼兄弟銀行的雨果・澤曼（Hugo Zeman）、羅森薩爾與薛弗朗恩銀行的喬・薛弗朗恩（Joe Shaffran）等人都認為，他們可以打破對夏普的承諾而且不受懲罰，每個人都開始為求安心而賣股，最後的總股數如圖3所示。

信心破口總計來到三萬一千四百股。

市場不太能消化了。夏普很努力出脫他為

	最初打算賣出的股數	**猶豫不決的時間**	**實際賣出的股數**
路易斯・萊斯	1,500股	3分	2,600股
安迪・費雪爾	2,000股	15分	5,000股
雨果・澤曼	1,000股	0分	1,000股
喬・薛弗朗恩	500股	1分45秒	1,800股

圖3

了炒作這檔股票買進的數量，卻赫然發現「有人搶在他前面出貨。」

他的助手每天都會送來一份買方和賣方的明細，因為就算是最巧妙的股市炒手，等到他們想要大量賣股時，總是難免遭到自家人背叛。他很仔細地審慎清單，把上面的人分成兩個兩個一組，查了一下。接著，他再以四個四個為一組，先檢查四個，再檢查另外四個，於是他看透了老掉牙的假放空把戲。他知道，有膽量這麼大量出貨的人，一定是他們自己人。他也相信，他們的信心缺口不是講好的行動，因為如果他們討論過這件事，就會減少出貨的總量。他幾乎對每一張股票的來龍去脈都知之甚詳，做他這一行，就是什麼都要弄清楚。

「有兩邊，」他對祕書說，「就可以玩得起這場賽局。」他開始玩了。

他用看來漫不經心的手法大量買進股票，帶著報復的心思開始讓這檔股票快速衝高，六三、六四、六五、六六，沒幾分鐘就漲了四美元。股票交易所的交易廳，出現了最狂野刺激的局面。這市場……怎麼會這樣？整個市場都只有美國松節油這檔股票在動了。每個人都在買，每個人都在想股價會衝到多高，包括格林包姆和其他七個人在內。看起來，這檔股票又邁開大步向前衝了。

接著，夏普把他的股票經紀商手上借給放空賣家的股票都收回來，他自己開始借券了。這麼一來，配合大量空單的法規要求，三十秒內就替這檔股票創造出絕大需求，遠遠超過松節油這檔股票在六四美元時借券的供給量，隔夜利息從〇．一二五％開始上漲，最後收在〇．二五％。這表示，放空的人要不然就回補股票，要不然就要支付利息，每借一百股，每天就要支付二十五美元。炒股團借了三萬一千四百股，換算下來，每天的利息借接近八千美元，除此之外，這檔股票還在漲。做空的人一分鐘就要損失好幾千美元。雖然不知道結果會如何，但對於真放空與假放空的人來說，肯定都是一場大風暴。

夏普先生發出一個獨斷的訊息給格林包姆與拉薩瑞斯銀行、威卻斯勒銀行、莫瑞斯史戴菲德之子銀行、萊斯與史丹銀行、柯恩與費雪爾銀行、溪柏曼與林德海姆銀行、羅森薩爾與薛弗朗恩銀行以及澤曼兄弟銀行，每一方收到的訊息都一樣：

「立刻把你們手上的美國松節油公司股票交給我！」

收到這個訊息的人感到驚愕與沮喪，也生出佩服之情並替自己感到慶幸。他們必須要從公開市場上買回前幾天賣掉的股票，這表示背信的交易造成的損失高達整整二十五萬美元，但是，炒股團仍「站穩腳步迎接勝利」，總獲利仍然可觀，前提是夏普先生善盡其職。

有一些大量交易等著要以六六美元賣出，夏普的經紀人以激烈、無法抗拒的速度清掉市場上的賣單，如同狂風掃落葉。真正放空的人慌了，此外，市場上還有總計三萬一千四百股的買單把股價衝上高點，下單的人幾位先生是：格林包姆、威卻斯勒、林德海姆、史戴菲德、萊斯、費雪爾、薛弗朗恩和澤曼。因為他們的買盤，帶動這檔股票大漲：四千股買在六六美元、兩千兩百股買在六六・三七五美元、七百股買在六七・六二五美元、一千兩百股買在六八美元、三千兩百股買在六九・五美元、兩千股買在七〇美元、五千七百股買在七〇．五美元、一千兩百股買在七二美元，這一群「詐騙集團」總共買了三萬一千四百股。然而，這三萬一千四百股都是由夏普手上賣出來的，賣給松節油股票炒股團裡的自己人。總計下來，他那天替四萬一千七百股找到了買家，其中有兩萬一千一百股是他當天稍早為了「踩死放空者」而買進的數量，除此之外，他手上還有在炒高股價期間持有的一萬七千八百股，之前就算他發現有人違反他規定的信任條款時，他也沒有處置。結算下來，當天收盤時，他發現自己為了炒股而買進的股票不僅一股不剩，他個人的帳戶裡甚至還有兩千八百股的空頭部位。

報紙登出了生動的敘述，描寫了「松節油股票偉大的一日」。他們指出，有一群「小圈圈」持有大量的「Turp」股票（報紙上的說法是「囤積」了這些股票），輕輕鬆鬆就可以把股價炒到任何水準。他們說這是一次「值得記住的軋空」，甚至還暗示夏普先生站錯了邊對抗市場，有一家報社登出了豐富的細節和統計數字，以粗體字錯誤證明這位狡猾的空頭總司令放空了七萬五千股而身陷泥淖，並且因為回補股票虧損一百五十萬美元。一位和夏普有聯絡的新聞記者以非常漫不經心的態度私下問他：「松節油這檔股票為什麼會漲？」夏普慢條斯理地說：「我也不確定，但我想是有內部人士在買吧！」

隔天，松節油股票大戲就上演了第二幕。夏普先生收到炒股團的十一萬四千四百股，分成三批：四萬股、五萬股和兩萬四千四百股。這檔股票的市場還非常強健，但目光銳利的場內交易員沒有看到像平常一樣的「Turp」支撐買盤，開始賣股以試水溫。券商買的量夠大，空方後續回補的量也讓這檔股票相當穩定。接下來，場內交易員投注雙倍力道要把股價壓下去，賣出比買盤更高的量，而且也刻意用低於股票合理需求可以撐得起來的價格賣掉。這是很有希望成功的策略：用低於人們願意支付的買價賣出幾千股，為的是要恫嚇膽小的持股人，逼著他們出手賣股，回過頭來，這會引得其他人跟著賣，一直到跌勢普遍成形，足以引發大跌。

價格開始慢慢跌。要成功，需要一位領導者。夏普先生先放出炒股團第一批的四萬股，全部大力丟進市場裡。這下造成的衝擊可大了，成交之後，讓人感到害怕。市場瘋了似地天搖地動。這檔股票前一天「收」在七一．八七五元，當天曾經衝到七二．七五，但後來跌了二十美元，以五四美元作收。報紙說，囤股的人已經「破產」了，「軋空」行情已經結束了。當晚有成千上百人睡不好，其中有好幾十個人根本徹夜未眠。

隔天他再度開火，又在市場上拋出了五萬股。股價掉到四一．二五美元。跌破幅度這麼大，幾乎可以說是前所未見。

華爾街自問，這檔股票是不是已經在崩盤前夕了？如果是，這場崩盤在市場重大波動的年表上，將占有歷史性的地位。

格林包姆衝進夏普的辦公室。股價跌這麼多，讓他鼓足勇氣什麼都敢做了。當市場惡行惡狀時，就算是華爾街的小卒子，也會搖身一變成大英雄。

「出了什麼事？」他憤怒地問道，「你把松節油這檔股票怎麼了？」

夏普直直地盯著他的臉看，但答話時聲音平穩，波瀾不興：「有人在倒貨給我們，我不知道是誰，我真希望我能揪出對方。我恐怕還得再買十萬股，因此我盡量先把能賣的都賣一賣。我一直都掌握著炒股團裡的大部分股票，如果不是在六〇、六二元那附近遭到突襲，松節油這檔股票今天已經可以用八五或九〇元賣出。下星期再來，格林包姆，還有，冷靜點，你有看過我失手嗎？再見，格林包姆，還有，跟我講話時不要這麼大聲。」

「局面已經太過頭了。」格林包姆急切的說，「你一定要給我個交代，不然，老天爺啊，我會……」

「格林包姆，」夏普用一種無精打采的聲音開口了，「不要這麼激動。再見，格林包姆。做人處事要有道德，這樣你就會快樂了。」然後，他又回到那宛如籠內老虎一般的步伐，在辦公室裡走來走去。就像變魔術一樣，夏普高大結實的私人祕書現身了，並對著他說：「這裡走，格林包姆先生。」然後領著這位茫茫然的信託創辦人離開辦公室。等到祕書回來之後，夏普對他說：「不需要指控這些傢伙不守信用，他們會否認到底。」

隔天，夏普又把炒股團剩下的兩萬五千股倒進市場裡，就像把一個大水壺裡的水倒進杯子裡一樣。熊市開始起步了。報價條響個不停，把情況說得很直白：「這就是內部人士在倒貨了，這非常危險且非常不妙，因為價格已經這麼低了，出貨還出得這麼急。只有老天爺才知道最後的結局是什麼了，但我們又沒辦法打電話上去問問。」

每一個人都在賣，因為有人開始傳言，法院已經以嚴重違反反托拉斯法（Anti-Trust）解散這家公司，也已經指定了接管人。夏普賣掉炒股團最後一批股票之後，他以每股二二美元「納入」兩千八百股，那是結清他之前以七二元放空的部位，他這小小的「布線」總共賺到十四萬美元。

在市場有開盤的時間裡，松節油這檔股票只用了短短十五個小時就跌了五十美元，這表示，公司的股本市值縮水了一千五百萬美元，炒股團裡有些自負的人炒作下來財富縮水則以幾十億美元計。

星期四，夏普通知他的同伴，炒股團已經完成任務，亦即，他已經把股票都賣出去了，他很樂意在星期一上午十一點在辦公室和大家碰面，屆時他會準備好支票，並替他們把帳算好。他拒絕接聽格林包姆、威卻斯勒、澤曼、薛弗朗恩以及其他人打過來的電話，他們想要知道他能不能做點什麼事，好挽救他們因為松節油股票崩盤也隨之毀於一旦的聲譽。他那位結實高大的祕書告訴這些人夏普先生出城去了。他人很客氣，是專業的祕書，但也有業餘拳擊手的出色本事。

找不到夏普，這些人只好倉促成軍再成立一個自保特色濃厚的炒股團，發出「撐盤」買單。他們必須在這一天和隔天買進大量股票，以防止股票跌得更嚴重，因為這會在其他方面對他們造成傷害。他們發現自己手上還有超過五萬股，買進時的價格才二六、二八美元，但想要在這個時候賣股票，很可能引發新一波的松節油股票恐慌。

他們星期一去見了夏普，他不像平常那麼少話。他之前已經發給每個人一個信封，裡面有一張支票和一張對帳單，現在他以就事論事的語調說：

「格林包姆以及各位先生，你們都知道我怎麼樣把松節油這檔股票拉了起來。大概在六二美元時，我開始受到一些股票的攻擊，這事的責任不在我身上。當然，我知道你們都沒有賣股票，因為你們已經信誓旦旦答應我不會賣，不讓我煩心。但是股票一直跑出來，甚至有些賣方用借券的方式來賣，做得好像放空一樣，我開始擔心我可能遇上了無限量的股票供給。在這種時候，快速行動永遠是上策，因此，等我軋完真正的空單之後，我就把我們的股票出清，平均賣價是四〇美元。如果沒有這莫名其妙的賣股，本來可以到八〇美元的。扣掉佣金和其他合理的集資炒股費用之後，我算出我們每股總共淨賺九美元，換算下來是一百零二萬九千六百美元，根據合約，我拿的利潤是其中的二五%，那就是二十五萬美元。有些不知情的人還緊抱著股票，要等到九〇美元，真是太遺憾了。我發現華爾街有太多不確定，這個領域有太多愚蠢之舉。我相信各位都很滿意。綜觀全局，我倒是很滿意，真的，確實如此。各位先生，祝您愉快了，還有您，格林包姆先生，也祝您愉快。」

他身上沒有一丁點虎威，他和藹可親，而且圓滑優雅，他們知道，他可是很得意地在大放厥詞。他對這些人點點頭，逕自走進裡面的辦公室。

這一群人大聲咆哮，氣得七竅生煙，也因此膽子大了起來，試著去推夏普的門，發現已經上了鎖了。他們敲門，用力地猛敲，於是那位無所不在的私人祕書出來了，對他們說夏普先生正在開一場很重要的會，請勿打擾，但授權給他和眾人討論對帳單上的任何問題，所有的憑證都是他處理的，而且都是用證券經紀人的報告格式做出來的，諸如此類。因此，他們溫溫吞吞地表達自己對這位私人祕書和他的老闆的看法，然後垂頭喪氣地走了出去。他們在外面比對記錄，然後爭著把真心話都說了出來。接著，他們毫無理性地咒罵了夏普先生。這個炒股團並沒有「搶得機先」，他們實際持有的股票多過他們願意持有的量，而且在現實中還虧了很多錢！

隨著時間過去，他們得再多買一點「Turp」、又多買一點、還要多買一點。他們覺得自己也可以仿效夏普，讓股價勢不可擋地衝高，至少要高到每股五〇美元以上。他們宣布要發放二%的股利，但是這樣做也推不動松節油這檔股票。他們試了一次又一次，也失敗了一次又一次，每一次的潰敗損失都越來越高，因為他們必須吃進更多股票。

現在這檔股票地價格大概是一六、一八美元，但就算是這個價位，他們也無法出清持股。事實上，任何價位都沒有辦法。所有松節油產區不斷冒出和他們相抗衡的精煉廠，這一行的前景黯淡。美國松節油公司的主要持股人就是人盡皆知的「格林包姆詐騙集團」，這家公司總共發行三十萬股，而這些人手上賣不出去的股票至少有十四萬股。

第 3 章

報明牌的人

THE TIPSTER

華爾街總有怪事發生，有時候明牌也會成真。

一

當吉馬丁（Gilmartin）桌上的電話響起時，他正對著潛在買家講述的趣事報以專業的笑聲，然後他說：「老朋友，等我一下。」對方是他的客戶，來自康乃狄克州的製造商霍普金斯（Hopkins）。

「您好，請問哪位？」他對著話筒說，「喔，您好嗎？是……我不在……這樣嗎？……那真糟糕……太糟了……對啊，是我的運氣問題吧，我剛好得出門。要是我早知道就好了！……您也這樣覺得嗎？……好吧，那麼，賣出兩百股西方公司（Occidental）普通股……您最懂了……您覺得電車公司（Trolley）如何？……繼續持有？……好的，就如您所說……我希望會這樣……我不喜歡賠錢，而且……哈！哈！……我也是如此猜想……再見。」

「是我的股票經紀商打來的。」吉馬丁一邊說，一邊把話筒掛上，「如果我十點半人在這裡的話，就可以拯救到五百美元。他們打電話過來建議我賣掉，現在價格下跌已經超過三元了。今天早上，我本來可以獲利出場。但是，先生，不，我沒有，那時我得出門，去買一點樟腦。」

霍普金斯很佩服，吉馬丁看出來了，繼續說下去，營造出一種喜劇式的憤怒，他認為這樣比一派冷漠無所謂來得好：「我並沒有那麼看重金錢，比較在乎的是運氣。我後來也沒做成樟腦交易，我的股票還虧，如果我能在辦公室裡多待五分鐘多好，這樣就會收到股票經紀人報來的消息，救到那五百美元。我的時間好貴啊，是吧？」說完還悲傷地搖了搖頭。

「但您還是有賺，是吧？」他的客戶饒富興味地問。

「嗯，我想有，大概只賺一萬兩千美元吧。」

吉馬丁真正賺到的還不到這個數。然而，誇大其辭之後，他馬上感受到這位康乃狄克人表現出來的善意。

「咻！」霍普金斯很崇敬地吹了一聲口哨。吉馬丁對他湧起了一股深深的溫柔親切。這位客戶很容易相信他人，他說的這個謊完全無傷大雅。這讓吉馬丁唇邊漾起一個鬆了一口氣的微妙笑容。他今年三十三歲，有著一張討喜的臉龐和討喜的聲音。他展現出健康、滿足和俐落的模樣，一副心安理得的自在，眼神裡閃耀著誠實與美好的性情。大家都喜歡和他握握手。朋友都說他是個幸運星，而且還滿忌妒他的。

「這是我昨天買來送給太太的。我做了一筆電車公司股票的小交易賺到的。」他一邊對霍普金斯說，一邊從辦公桌的抽屜裡拿出一個小小的珠寶盒。珠寶合理有一枚鑽石戒指，十分閃耀，而且顯然相當昂貴。霍普金斯露出一半忌妒、一半崇拜的神情，讓吉馬丁又快活地補上一句：「您說中午吃什麼好呢？我覺得我有權利來一杯『菲士』（fizz）雞尾酒，好讓我忘記今天早上的霉運。」接著，他以非常誇張的歉意語調說：「沒有人想損失五百美元還空著肚子！」

「她當然會開心，這是一定的。」霍普金斯回應，他想到的是吉馬丁太太。而他的太太也十分珍愛珠寶。

「她是人世間最美好的小女子，我的，就是她的，而她的還是她自己的，哈！哈！但是——」他非常嚴肅地說，「我從股票市場裡賺到的每一分錢，我都會替她收好，放在她名下。她比我更懂得管錢，除此之外，她也有權利拿這些錢，畢竟她待我可好了。」

這是他拐著彎來說自己是多麼好的丈夫。他對此感到很得意，然後用非常遺憾的口吻繼續說：「可惜她去賓州訪友了，不然的話，我會請您和我們共進晚餐。」接著，他們一同前往一家非常時髦的餐廳。

日復一日，吉馬丁一直思索著他公司所在的這條少女巷（Maiden Lane）離華爾街太遠了。如果他可以去券商辦公室，一個星期他大可賺進漂亮的四「番」。他為了自家公司的業務暫離股市，等到他回來機會就消失了，徒留鮮明美好的想像，喟嘆本來可以擁有的獲利。而這也證明了時間、波動和報價機不會等任何人。他不要再替藥品經紀商兼進口商麥斯威爾吉波公司（Maxwell & Kip）買賣奎寧、香膏和精油了，他決定要改為買賣股票與債券，把這當成唯一的事業。這種工作很輕鬆，獲利也很豐厚，他可以賺到足以好好過日子的錢。他不會任憑華爾街把給過他的東西輕易拿回去。他只要懂得掌握一個非常重大的訣竅：要知道何時要收手。賺到還可以的獲利他就滿足了，並明智地投資優質政府公債。之後，他就要永遠和華爾街道別了。

長期從事同一項業務的慣性，以及對於新冒險事業的莫名恐懼，一度成功擋下他越來越熱烈的股市投資熱，然而，有一天，他的股票經紀商希望能與他聊聊，力勸他出清所有持股，因為國會做了一項重大決定。他們事先從活躍於華府的顧客口中聽到這個消息。其他股票經紀人在首都也有人脈，因此不能浪費時間，要趕快行動。他們不敢承擔沒有獲得他允許就擅自出售股票的責任。他們等了五分鐘（這等於是五輩子了！）才跟他講到電話，等到他下了賣出單，市場已經跌了五、六美元了。這個消息「洩露出來了」。股票經紀人的辦公室已經收到新聞通訊社的快報，華爾街有一半的人都知道了這件事。吉馬丁本來應該是前十名賣出股票的人，後來卻落到了兩百名之譜。

二

員工替他辦了一場歡送晚宴。每個人都來了，甚至連辦公室行政助理的小頭頭也到場了。對這個年輕人來說，連這兩美元的出席費都不是能輕鬆負擔的事。很可能接任吉馬丁升上來當經理的詹金斯（Jenkins），負責擔任晚會的主持人，他妙語如珠，最後更是非常漂亮地轉為好好恭維吉馬丁一番，以此作結。此外，雖然吉馬丁離職意味著他可以升遷了，但他看起來真心難過要和吉馬丁道別，這可說是最好的恭維了。至於其他的員工，比方說老傢伙威廉森（Williamson），早已經沒有任何野心了；年輕人哈帝（Hardy），一直以來因為自己有志難伸而感到痛苦；詹姆森（Jameson）已屆中年，總是認為自己比吉馬丁更有做生意的能力；最後是鮑德溫（Baldwin），他從來不想工作的事，總是在辦公室裡晃進來晃出去。這些人都跑來告訴吉馬丁他有多棒，還講述了很多佐證的小故事，聽得吉馬丁都臉紅了，但旁人都跟著歡呼。他們很遺憾再也無法和他共事，但也很開心他可以獨自單飛追求更好的人生，他們盼望，等哪一天他成為大富翁時，如果再遇見他們，可千萬不要「直接無視」。

吉馬丁心裡感受到一陣溫暖，也湧上了一些不完全是快樂的心情。身為辦公室打雜小弟代表的丹尼（Danny）也跟著站起來講話（他姓什麼，只有出納人員知道），他的聲調裡透露出一種向摯友告別的情緒：「他是這裡最棒的人，他總是那麼好。」大家都笑了，丹尼繼續講下去，並用一種睥睨的眼神瞪著其他人，「如果他需要我，我會放棄其他地方的十美元週薪，替他效命，一分不取。」大家因為這話笑得更大聲了，他堅定無畏地說：「對，我會這麼做。」他們不相信，這讓他的雙眼湧出淚水，他很擔心吉馬丁先生可能同樣不相信。然而，此時主持人很慎重地站起來說道：「丹尼怎麼了嗎？」他們一起大喊：「他很好！」那股誠摯很讓人感動，於是丹尼微笑並坐了下來，開開心心地紅著臉。易怒難相處的詹姆森（他認為自己比吉馬丁更有能力做生意）站了起來，他是最後一個致詞的人，他鄭重開口：「這十年來我和吉馬丁合作，我們之間或許有不合，但是……嗯……我……呃……喔，可惡！」他快步走到桌子的前方，用力地和吉馬丁握手，足足握了一分鐘，其他人則靜靜看著這一幕。

吉馬丁非常急切想要投入華爾街，但離別晚會仍然令他傷感。和這些人共事的舊吉馬丁已經不在了，新吉馬丁對此感到難過。他過去從來不曾停下來想一想這群人有多照顧他，也沒有真的思考過自己有多在乎他們。他簡單直接地對他們說，他不期望能在其他地方再擁有如此美好愉快的日子，就像在這間老辦公室一樣，因為他的脾氣不好（喔，這是實話，他們不需要搖頭反對），他知道自己常常發怒，但他的出發點是好的，他相信大家一定會原諒他。如果人生能重頭再來，他會更加努力，成為受得起今晚大家美言稱讚的那個人。他非常、非常難過要離開大家。「非常難過，大夥兒，我非常難過，非常難過！」他有氣無力地說完，以滿懷留戀之情的笑容結束。他和每個人握握手，他握得很用力，彷彿他要踏上一趟再也不會回來的旅程。在他內心深處，也升起了新的疑問，不知道前往華爾街是否明智。但是，現在已經太遲，來不及回頭了。

這群老同事一路護送吉馬丁回家，大家都希望陪著他到最後一刻。

三

做藥品這一行的人都認為，吉馬丁展翅高飛要賺大錢了。有時候他會在電車上或是在戲院大廳裡遇見以前生意上往來的熟人，或是過去的競爭對手，對方和他講話時總當他是未來的大富翁，講出他們想像中很貼切華爾街的術語，向他證明他們也懂一點這場大賽局。他們的嘗試讓他露出帶著優越感的微笑，在此同時，他們對於他的聰明才智所表達的佩服，以及對他的運氣顯露的善意忌妒，都讓吉馬丁整個人飄飄然。他在華爾街認識了一些新朋友，而且也很喜歡他們。有些投資客（其中有一些可以說是真的非常富有）會認真地聽吉馬丁說他的市場觀點，以至於吉馬丁認為自己也有責任聽聽別人的看法，以表禮貌。股票經紀人當他是「老好人」，常常引誘他做交易：他每買賣一百股，就代表他們可以賺十二．五美元。當他賺錢，他們會稱讚他的判斷力永不出錯，當他賠錢，他們則會安撫他，以責怪的口吻說他行事魯莽了點，就像媽媽看到三歲的孩子摔了一跤時，會把這當成一個大笑話，哄著孩子也跟著笑看自己的運氣不佳。一般的券商辦公室裡就是這樣對待一般的客戶。

從早上十點到下午三點，他們會站在報價板前面，盯著一個腦筋反應快的男孩用粉筆寫上價格變化，當報價機有價格進來時，也會有一、兩個客戶大聲讀出報價條上的數值。股市越是走高，客戶就越多，誰誰誰的朋友在這一波漲勢裡賺到大錢的故事，會引來一批批的人潮加入華爾街。在多頭牛市裡買股票的人，每一個都賺。這些人的長相、膚色和年齡有極大的差異，但是彼此卻相像的不得了，對他們每一個人來說，生活充滿著快樂。報價機的聲音，聽起來宛如天籟，喀哩喀哩說著燙金的笑話。吉馬丁和其他客戶即使聽到最平淡無奇的故事也會發自內心笑出來，根本不用等到笑點。有的時候，他們會開心地用手指捏著空氣，彷彿真的能摸到報價機告訴他們的那些大錢。他們都是剛加入這場偉大賽局的新手，一群小綿羊，卻快活地咩咩叫，昭告全世界其實他們是聰明又可怕的大野狼。有時候其中一些人會虧錢損失，但和他們賺到的獲利相比之下，根本微不足道。

當股市忽然大跌，所有人依然堅守多頭。這一次是很嚴重的大跌。市場下挫在意料之外，這些小綿羊從來沒想過會這樣，因此，他們每個人都很嚴正地說，這就像是晴天霹靂一般。股市持續下挫（換句話說，也就是這一群肥羊繼續被宰），真的讓人坐立難安。這一群人上個星期還是快活的股市贏家賭徒，臉上自帶光芒，這個星期就成了在恐懼中苦苦糾結的輸家賭徒，在這日後被他們稱為恐慌日的這一天面色如槁木死灰。但說起來這就只是一次下挫，比平常嚴重一點而已。太多小羊一直以來都投機過了頭。大型券商手中持有的證券（以及垃圾）少之又少，因為之前都賣給這群肥羊了，現在他們希望把這些東西買回來，而且是以更低的價格進貨。這些客戶一如過去行情大好之時，眼睛仍緊盯著報價板，他們的美夢已經被粗魯地敲碎。某些人想要買進的快馬、某些人說好幾乎已經包下來的遊艇，全都一樣，付諸東流了。他們正在新建的房子，轉眼之間夷為平地。毀了這些美夢和豪宅的，就是報價機，現在機器講的不是鑲金的笑話了，而是喀哩喀哩響著的財務絕境。

他們無法將目光從眼前的報價板上移開。小小的報價機傳出的悲傷數字，訴說著他們的毀滅，這讓他們嚇到無法動彈。可憐的吉馬丁認了，他說：「我已經改變心意，不考慮去紐波特（Newport）避暑了，我想我會在自己的露天大飯店過暑假！」他一邊說一邊咧著嘴笑了，但只有他在笑。做乾貨生意的威爾森（Wilson）向來對每個人的笑話都很捧場笑得開懷，現在也只是靜靜看著，彷彿中了催眠咒語。這個人過去都坐在報價機旁的高腳凳上，嘴巴一開一合對著書寫報價的孩子喊出價格，現在威爾森的雙唇不時扭曲成怪相，彷彿是在自言自語。高瘦蒼白的布朗（Brown）人在大廳外，來回踱步。他什麼都沒了，連同名譽也一起虧掉了。他很怕去看報價機，很怕聽到報價的聲音，他希望……能有奇蹟出現！吉馬丁從辦公室裡出來，看到布朗之後用接近病態的虛張聲勢對他說：「我想盡辦法盡量抱住我的股票，但他們搶走了我的錢！我告訴你，冒險的人生可是要付出昂貴代價的！」但布朗根本不聽他說，於是吉馬丁不耐地按下電梯的按鍵，一邊咒罵著電梯遲遲不來。那一天，他不僅虧掉牛市期間他累積的「紙上」獲利，在報價機造成的打擊之下，他連積攢多年的儲蓄都沒了。大家的處境都一樣。他們一開始不願意承受小額的損失，繼續持有，希望日後股價反彈「讓他們損益兩平出場」。但股價越跌越深，直到損失非常嚴重，續抱變成唯一適當的辦法，就算需要耗上一年也沒關係，反正股價早晚一定會回來。但是這種偃兵息股的策略會「把他們甩出場」，股價會跌到很低，因為很多人不管願不願意都得賣股。

四

股市大跌之後，券商裡的投資客多半回歸老本行，讓人比較憂心的是，這些人並沒有學到教訓變得更明智，卻變得更悲傷了。歷經第一次讓人驚到呆掉的震撼教育之後，吉馬丁試著去打聽看看藥品業有沒有什麼好機會，但找雖找，他的心思並不在這裡。要他承認離開少女巷後這麼快就在華爾街遭受大敗，讓他覺得很丟臉，然而，比羞恥更強烈的心情，是在股市搏殺之後對他造成的有害影響。要他屈就低於過去在麥斯威爾吉波公司的職位重頭再來，已經夠糟糕的了，更糟糕的是，他咒罵自己在藥品這一行辛辛苦苦工作了這麼多年，就算在他身心健全不用花大錢治病的條件下，他得到的報酬也不過是存下來的幾千美元。換成是股市，只要幾個星期的好運，就可以讓他賺回之前虧掉的財富，而且還多更多！

他之前應該從小額投資開始才對，因為他還正在學著如何投機。現在他可看得清清楚楚了，他所犯的每一個錯誤，都是出於沒有經驗。他之前認為自己很了解股市，但如今他才真正懂了，到了現在，股市大跌後教會了他很多事，現在他可以合理地預期自己能成功了。他擔憂著自己的虧損，心裡完全把重回買賣藥品這一行斥為沒有出息的出路，堅持著要把重點放在他靈光乍現領略到的股市智慧上。如果應用得當，這樣的智慧對他來說應該會很有意義。幾個星期過去，他再度整日盯著報價板看，和撐過這一波重挫的股民閒聊，給對方建議也聽聽人家的建議。隨著時間流逝，華爾街已經穩固控制住他的靈魂，最終扼殺掉他所有其他的遠大志向。如今他講的、想的、夢的，全是股市，別無其他。他讀報時，無時無刻不想到市場將會如何「接受」每一條新聞裡報導的內容。一座大型的精製糖廠燒毀了，導致「信託」公司損失四百萬美元，他會輕嘆口氣，因為他居然沒有預見這場大災難，先去放空糖業公司（Sugar）。城郊電車公司（Suburban Trolley Company）的員工罷工，出現暴力行動，也毀了很多人的生活與財產，他會詛咒命運真是太無情了，因為他居然沒有預先「賣空」一千股的電車公司股票。他不斷地計算，如果他能在每一次發生重大災難之前在高點時放空，然後跌到低點時再回補股票，這樣他能賺多少錢，計算精細到連小數點都不放過。如果他早知道就好了！他整個人身在華爾街的氣氛裡，四處都是惡臭難當的投機氣味，像重重濃霧一樣將他環抱其中，從霧裡看外界的事物，怎麼看都像蒙著一層紗。他所在的世界，人們相見時不說「早安」，而是用「市況如何？」來問候彼此。或者，有時候會有人問：「您覺得怎樣？」得到的答案會是「多頭啊！」或是「大空頭！」對方從不會以自己的健康狀態作答。

經歷那一次要命的重挫之後，一開始，吉馬丁跑去糾纏他的股票經紀人，要求對方讓他能從事信用操作，小額就好，他們答應了。這些人非常好心，非常真心地想要幫助他。但運氣並沒有站在他這一邊。他具有不信邪賭徒的頑強個性，堅持要對抗命運。他在市場走空頭時做多，虧得越多，他就越是認為終究會發生的價格「反彈」近在眼前。他帶著預期即將反彈的想法買進股票，但一而再、再而三虧損，到最後，他欠券商的錢遠高於他還得起的金額，於是他們直接了當拒絕，不再給他一毛錢的信用額度，不管他是如何激動地懇求再讓他買最後一百股就好，再給他一次機會就好，這是最後一次了，因為他很確定他一定會贏。他盼望已久的反彈最後當然出現了，股市飛快上漲，速度快得讓華爾街都看呆了。吉馬丁算了算，如果股票經紀人沒有拒絕他的最後一筆單，他早就賺夠足以支付債務的錢，甚至還可以留下兩千九百五十美元，因為他會順著漲勢「節節加碼」。他指控似地把他算的數字拿給股票經紀人看，他們對此倒是很有話說，於是他離開了券商辦公室，幾乎快忍不住去控告證券商意圖詐欺，但最後他判定這是「另一次的命運捉弄」，既然決定要像賭徒一樣，那就這樣算了吧。

當他再度到證券經紀商的辦公室（這是隔天的事了），他又開始投機了，這次用的是他唯一能用的方法：某種意義上的代操。比方說，有一位史密斯（Smith）看多，在一二五美元時買了五百股的聖保羅公司（St. Paul），但他對這筆交易並沒有那麼上心，反觀吉馬丁表現出來的興趣遠遠超過史密斯，因為吉馬丁自此之後勤勉地研究新聞快報，積極在整個華爾街蒐集和聖保羅公司相關的一切資訊，很興奮地聽取種種關於這檔股票的小道消息和傳言。股價下跌，他痛苦難當，一旦報價上漲，便跟著開心地大笑大叫，就好像那是他買的股票一樣。說起來，這是一劑良藥，緩解了他對股市的一頭熱。確實，在某些時候他極度關注這檔股票，常常提出相關建議（他總說是我們的股票），因此這位幸運的股市贏家賺錢時就會分給他一小部分獲利，吉馬丁毫無猶豫收下了（現在的他，不會再覺得自尊心受創了），並且把這當成本金，在整合交易所（Consolidated Exchange）、甚至是「波西商號」（Percy's）這類很暗黑的小型空殼券商[1]自己作一些小交易，在這類空殼券商用百分之一的保證金就可以交易兩股，這也就是說，任何人只要有兩美元，就可以在這些地方下單。

之後，當其他客戶的交易沒那麼活絡時，吉馬丁就會找券商借一些錢。但後來他們越來越常拒絕他，他能借到的錢也就更少了。到最後，他們要求他不要再進辦公室了。想當初，他可是備受尊崇又嬌貴的客戶。

他在華爾街成為「過去式」，現在的吉馬丁每天出現在整合交易所後方的新街（New Street），「賣權」和「買權」經紀商都在那裡齊聚一堂。附近招待所的報價機，可以讓他過一過股市賭徒的癮。有時候，有一些運氣比較好、賺到錢的人會帶著他進去這些配有報價機的招待所，他可以在那裡的免費午餐台吃東西，喝個啤酒，和人聊聊股票，聽聽這些幸運的贏家說故事，他的雙唇歪斜顫抖，隨時準備好看是要笑還是要扮鬼臉。有時候，他身上的賭徒性格會跑出來，忿忿不平地對那些幸運賺到錢的人說，上個星期他想要買卻沒錢買的股票已經漲了十八美元了。但這些人自己身上的股市狂熱都已經高到滿出來，只會心不在焉點點頭，他們念茲在茲的都是某些股票之後的報價會是多少，或者，有時候這些人連頭也不點，因為他們急著去看報價條，從剛剛到現在已經兩分鐘沒去看了，太久了。連一句安慰或道別的話都沒有，就這麼離開他身邊。

1 空殼券商（bucket-shop），這是指並未合法登記的券商，利用客戶資金從事投機性的股票和大宗商品買賣，或是接受客戶下單，但不透過交易所交易，而是私下對作。

五

某一天，在新街上，他私下聽到一位知名的經紀人對另一個人說，「山姆．夏普先生馬上就要拉高賓州中央公司（Pennsylvania Central）的股價了。」能偷聽到這段對話是難得的好運，立刻讓吉馬丁擺脫軟爛無所謂的心情，跑去催促他的姻親進場，而這位姻親在布魯克林（Brooklyn）有一家雜貨店。吉馬丁懇求葛瑞格斯（Griggs）去找一位股票經紀人，盡全力買進賓州中央公司的股票。如果他希望下半輩子能過得舒舒服服，就要這樣做，夏普先生要炒高這檔股票了。吉馬丁自己也借了十美元。

葛瑞格斯心動了。他花了很多時間和自己辯論，到最後，他帶著不安讓步了。他拿出自己的積蓄，以每股六四美元買下一百股賓州中央公司股票，並開始放著生意不管，讀起報紙上的財經版面。吉馬丁的耳語一點一點地啟動他身上的報價機轉輪，在他的白日夢上印出了金錢符號。妻子看著他如此沉迷，認為店裡的生意一定會一落千丈，葛瑞格斯保證不會發生這種事，此話反而確認了她最深的憂慮。最後，他甚至在自家小店裡裝了一具電話，這樣就能和經紀人直接通話了。

吉馬丁善用借來的十美元，快快跑到空殼券商以每股六三．八七五美元買了十股，股價很快跌到六二．八七五美元，他也很快就「被掃出場」，然而這檔股票卻又迅速回到六四．五美元的價位。

隔天，吉馬丁一位舊客戶請他去喝一杯。吉馬丁很憤恨此人擺明的成功順遂，對於其他有能力買下幾百股的人也感到非常憤恨。但酒精安撫了他，一陣微微的後悔湧上他心頭，他帶著害怕別人偷聽的表情，提防地打量著這位史密瑟斯先生（Smithers），然後對他說：「我要告訴你一個消息，為了你自己好，絕對要保密。」

「有話快說！」

「賓州中央公司就快要『上來了』。」

「真的嗎？」史密瑟斯很冷靜地問。

「真的，一定會創下新高。」

「嗯姆！」他嚼著一片椒鹽脆餅，在空檔間回了一聲。

「真的，山姆．夏普告訴……」他差一點要脫口而出說「我的一個朋友」，但他忍住了，而是用一種令人信服的語調說下去，「……告訴我，昨天，他叫我買賓州中央，他已經買進夠多籌碼，準備好要上攻了。你也知道夏普這個人。」他說完了，說的好像他認為史密瑟斯很清楚夏普多有能力呼風喚雨一樣。

「真的是這樣嗎？」史密瑟斯很謹慎地問。

「為什麼這麼問？當夏普下定決心要衝高一檔股票，比方說，這次他打算炒賓州中央公司，千軍萬馬也拉不住他。他告訴我，他會在六十天內讓股價創新高。這可不是道聽塗說，不是小道消息，而是千真萬確的事實。我不是聽說這漲股票會漲，我不是認為這漲股票會漲，我是知道這檔股票會漲。這樣你懂了嗎？」他晃動著右手食指，敲了敲。

不到五分鐘，史密瑟斯就被說得心癢癢的，他買了五百股，並鄭重承諾他不會隨便「落袋為安」，亦即不會輕易賣出，他會等到吉馬丁叫他賣才會賣。接著，他們又喝了一杯，並看著報價機的動向。

「你要和我保持聯絡，」吉馬丁臨走時補上一句，「我會把夏普告訴我的事說給你聽。但你一定要保密。」他把頭歪向一邊點了點，要史密瑟斯以個人名譽擔保一定會保密。

就算吉馬丁和夏普兩人面對面，他也不會知道眼前的這個人究竟是誰。

他和史密瑟斯分手不久之後，他又去拉了一位舊識，這個年輕人自以為很懂華爾街，因此他有一個業餘嗜好：炒股票。沒有人能用某家公司多好多好、前景多麼光明等等理由來勸他買某一檔股票，這些都是騙「窩囊廢」的誘餌，不適合年輕聰明的股票操盤手。但，任何人，就算是陌生人，只要說到「他們」就對了。長久以來神祕的「他們」、「大人物」、無所不能的「炒股人」，這些人的生活是長期的陰謀，欺瞞著一般大眾。如果有人說到「他們」將要「拉抬」這檔或那檔股票，這種話就中聽了，他也會跟著對方的建議去做。這位年輕的傅利曼先生（Freeman）什麼都不信，只信「他們」的邪惡以及「他們」的力量，可以任意拉高或壓低股價。想到自己這麼有智慧，讓他露出一抹習慣性的冷笑。

「你就是我要找的人。」吉馬丁說。其實他之前根本沒想到這個年輕人。

「你該不會是位副警長吧？」

「不是。」他停了一下，為他即將要講的話增添效果。「我今天和山姆講了很久。」

「哪個山姆？」

「山姆．夏普。這老男孩要我去找他。他超有幽默感的，太好笑了。他很可能……他手上有六萬股賓州中央公司的股票，裡面的利潤每股有五十到六十元。」

「哼！」傅利曼先生很懷疑地抽了抽鼻子，但是他對吉馬丁態度的轉變留下深刻的印象，他上個星期還卑躬屈膝地找人借錢，現在講起話來怎麼看都是一個拿到準確情報的人才會有的自信語調。眾所皆知，夏普對他的老朋友一向夠義氣，無論是有錢的那一群，還是貧窮的那一群。

「他簽文件的時候我人就在現場，」吉馬丁熱切地說，「我本來要離開辦公室，但山姆說不需要。我不能告訴你整個局勢怎麼一回事，我真的沒辦法。但是，他就是會把這檔股票拉到新高點。現在六四．五美元，你知道，我也知道，等到報紙都爆出內部人士買股的消息之後，就會來到七五美元，等到大家都知道重要的態勢發展想要買進時，就會來到八五美元，然後會有各式各樣的多頭利多消息，再加上調高股利的傳聞，在六五美元以下時根本不看這檔股票的人會衝進來大量買進，股價就會衝到九五美元。我就是知道是誰在炒一檔股票，而且是以股利和獲利為拉抬的題材。這些都是我的感覺啦。」說完他重重地點點頭，彷彿要把真確無誤的事實捶進對方的腦子裡。

「我也有這種感覺。」傅利曼很誠懇地同意。他被打到要害了。

華爾街總有怪事發生，有時候明牌也會成真，這次的情況就是如此。夏普開始精明地帶高這檔股價，這次的行動在華爾街成為一次歷史性的事件，賓州中央公司的股價以讓人頭昏眼花的速度飆漲，每一家報紙都在講這檔股票，一般人也為之瘋狂，股價來到八〇美元，然後是八五、八八，一路攀高，接著，吉馬丁要他的姻親全數賣出，也叫史密瑟斯和傅利曼這麼做。他們各自的獲利如下：葛瑞格斯賺了三千美元，史密瑟斯賺了一萬五千一百美元，傅利曼賺了兩千七百五十美元。吉馬丁說服他們，要他們分配相當的比例給他。他和姻親之間輕鬆了事沒問題。吉馬丁對他說，這是華爾街牢不可破的慣例，因此葛瑞格斯用一種對這種事經驗豐富的態度老老實實付了錢，傅利曼則多多少少還滿感激他的。但史密瑟斯來找吉馬丁，帶著滿臉幸運的神色，又把他在這一小時內跟十二個人說過的話再說一遍：「我那天真是做了一樁很棒的交易。我眼看賓州中央公司的股價就要衝高，我買了一大堆，最後可賺了不少。」他看起來對於自己的犀利洞見甚為得意，他真的忘了吉馬丁是報明牌給他的人。吉馬丁可沒忘，他譏諷地回嘴：

「嗯，我常常聽人家說，有些人報好消息給別人，結果那些別人賺到了錢之後回來，還對報消息的人說他們自己真是天殺的聰明，因此能命中目標。這套方法在我身上可沒有用，我有目擊證人。」

「目擊證人？」史密瑟斯應和著，臉上露出卑鄙的表情。他根本記得。

「對，目──擊──證──人。」他用鄙視的口吻學史密瑟斯講話，「我幾乎得跪下來求你買這檔股票，等到了該賣的時機我也有通知你。你的消息直接來自我的總部，你拿去用了，現在，你至少要分兩千五百美元給我。」

到最後，吉馬丁收了八百美元。他對兩人共同的友人說，史密瑟斯對不起他。

六

吉馬丁看起來宛如重生，他換掉了破舊邋遢的衣裳，換上昂貴精美的服飾。他付清了欠券商營業員的錢，搬進比較好的地方。他出手闊綽，感覺上好像賺了幾百萬。在做完這筆交易後的一個星期，他的朋友們信誓旦旦地說，吉馬丁一向都這麼光鮮亮麗。改變的是他的外表，他的內心依然如故，是一個賭徒。他再次開始從事投機交易，這一次他來到了傅利曼券商經紀人的辦公室。

到了第二個月月底，他虧了存在銀行的一千兩百美元，除此之外，連他之前給太太的兩百五十美元，都從她手上「借」回來用了，而她早就料到丈夫一定會全數虧掉。這一次，完全沒有人想到股市會大跌，就連那些大亨（就是傅利曼口中神祕又有權有勢的「他們」）都沒想到，因此，虧掉第二桶金並不代表吉馬丁沒有能力成為投機客，只不過點出他運氣不好罷了。事實上，他之前就是太小心了，一開始犯下了太過溫吞的錯誤，之後才大舉投入，然後虧光了全部。

痛定思痛反省過他的虧損之後，吉馬丁搖身一變成為專業報明牌的人。讓其他人替他投機，看起來是唯一穩贏的方法。他開始為一組十人的受害組（他後來學到要稱呼他們為客戶）提供建議，叫他們放空鋼條公司（Steel Rod）的優先股，每個人放空一百股。接著他又找來第二個十人組，並慫恿他們買進相同股數的同一檔股票。針對每一次的顧問諮詢，他提議的費用金額都是抽取四個點位的利潤。不見得每一個人都聽他的，然而，有七個放空股票的人一夜之間就賺了將近三千美元，他按比例分得的金額是兩百八十七．五美元。另外一邊有六個人買股票，當他們虧損時，他則私底下告訴他們，炒股團裡有一個主力變了節，害得炒股團的經理人必須暫時抽走對這檔股票的支撐買盤，股價才會下跌。這些人怨聲載道，他為了讓他們安心，也說自己因為這次的變節事件損失將近一千六百美元。

有好幾個月的時間，吉馬丁的日子過的順風順水，但是後來他的生意就不太如意了。大家發現，要避開他給的明牌。不管是他的內線消息、夏普私底下給他的建議，還是他自己親眼見證當事人簽下劃時代的重要文件，這些資訊都不再具說服力。如果吉馬丁能讓他的顧客輪流當贏家和輸家，或許還能保住這一行，但是舉個例子來說，史都華&史丹事務所（Stuart & Stern）的戴夫·羅希特（Dave Rossiter），就笨笨地連續六次拿到錯誤的明牌。這不是吉馬丁的錯，這算羅希特自己倒楣。

到最後，由於吉馬丁從報價機旁再也找不到足夠的客戶，他被迫要在晚報上登廣告，一星期登六次，星期天則挑某一家大型的日報登廣告，內容如下：

我們會賺錢

因為我們用設計最出色的系統來為客戶提供服務。由真正的專家操盤。提供兩種操作手法：一種是投機，另一種則保證絕對安全。

馬上行動

現在時機正好，投資某一檔股票保證可以賺得每股十元的獲利。我們收取其中的三元做為報酬。請好好回想一下，我們在操作其他股票時有多精準。請善用這次的走勢。

愛荷華米德蘭公司（Iowa Midland）

這檔股票即將出現大行情，而且很快就會出現。每天都在等號令。趕快搶時間買進。這是賺錢的大好機會。只要付兩美分的郵票就可以聯絡到我。

機密資訊

享譽全球的銀行家兼股市操盤者的私人祕書，握有寶貴資訊。我不想動您的錢，請去找您自己的股票經紀商。如果您聽從我的建議，一定能夠賺一筆，我要的只是分一杯羹。

每股會漲四十元

靠著鐵路股賺大錢。即將出現的行情，三個月內每股會漲四十元。我有優勢地位可以取得相關資訊，知悉炒股團的發展與操作。在紐約證券交易所旗下任何一家券商買進一百股，都可以獲得完整資訊。投資安全，保證獲利。提供最高等級的機密參考資料。

他的業務蓬勃發展。回覆他的人有紐約第四大道上的家具商、美國北部的酪農、德拉瓦州的果農、麻州的工廠作業員、紐澤西州的電氣技工、賓州的採煤工人，來自遠近各地大城小鎮的小商店主、醫師、水電工和承銷商。每天早上吉馬丁都要拍電報給幾十個人（由對方付費）叫他們賣股，再告知另外的幾十個人叫他們買進同樣的股票。然後，他向有賺錢的那些人收取佣金。

他的存款一點一點增加，他想要跳下來用自己的帳戶投機操作的渴望也隨之壯大。不能親自下場去賭一把讓他覺得很煩燥。

某一天，心情差勁的他遇見了傅利曼。出於禮貌，他用華爾街通行的招呼語問候這個憤世嫉俗的年輕人：

「你認為怎麼樣？」他指的是股票。

「我認為怎麼樣又有什麼差別？」傅利曼嗤之以鼻，謙卑的態度裡藏著驕傲，「我只是個小人物。」但他的樣子看起來可不太認同自己的說法。

「你有什麼消息？」吉馬丁一邊安撫他一邊追問。

「我的情報已足夠讓我知道要做多勾森天然氣公司（Gotham Gas）。我剛剛才以每股一八〇美元的價格買了一千股。」其實他只買了一百股。

「你買進的理由是什麼？」

「根據我得到的資訊，我是從公司一位董事口裡直接聽來的。聽好了，吉馬丁，我已經答應要保守祕密了，但因為是你的緣故，我只能告訴你盡可能多買勾森天然氣公司的股票。交易已經在做了。我知道昨天晚上有人簽了一些文件，他們大概已經準備好要公開了。現在那些人還沒有全數買齊他們想買的股票，等到他們買夠了，你就等著看放煙火吧。」

吉馬丁沒有意識到傅利曼的明牌和他報明牌的手法很相似。他很猶豫地開口，彷彿在為自己的膽小感到丟臉：

「這檔股票股價很高，已經來到一八〇美元了。」

「等到價格來到二五〇美元時你就不會這麼想了，吉馬丁，我不是聽說這漲股票會漲，我不是認為這漲股票會漲，我是知道這檔股票會漲！」

「好吧，那也算我一份。」吉馬丁開心地說了。現在的他有一種解放的感覺，他已經下定決心要重操投機舊業了。他把自己賺到的九百美元一分不差地拿了出來，這些錢是他靠向人報明牌賺來的，就像傅利曼現在告訴他的資訊那樣。他拿這筆錢以每股一八五元的價格買了一百股勾森天然氣公司，他也拍電報給所有客戶，要他們也一起跳下來買這檔股票。

這檔股票有兩個星期都在一八四和一八六美元之間來回波動，傅利曼每天都鄭重聲明「他們」正在囤積這檔股票。然而，在某個風和日麗的日子，公司召開董事會，董事一致同意公司的生意很糟，他們要出脫大部分手上的持股，並決定把股利發放率從八％調低為六％。勾森天然氣公司在短短十分鐘內跌了十七美元，吉馬丁虧掉所有的錢。他發現，他沒錢付廣告費了，電報公司拒絕再替他發出任何「對方付費」的電報，這麼一來，吉馬丁就無法靠報明牌賺錢了。另一方面，葛瑞格斯繼續從事投機操作，在愛荷華米德蘭公司這檔小交易裡把自己的錢和妻子的錢全部虧光了。對於他，吉馬丁只能寄望他偶爾能請自己過去吃晚餐。吉馬丁夫婦付不出房租被趕了出去，吉馬丁太太從此離開丈夫，和她住在紐華克（Newark）的姊妹一起生活，她這位姊妹一向很不喜歡吉馬丁。

吉馬丁又變回衣衫襤褸、三餐不繼的模樣。但在他心裡，他一直堅守投資人的信念，抱持著希望，相信總有一天，他總有辦法在股市裡「一夜致富」。

有一天，他向某個人借了五美元，對方靠著操作大都會牽引機公司

（Cosmopolitan Traction）的股票賺了五千美元。此人說，這檔股票才剛起漲，吉馬丁信了，又在他最鍾愛的空殼證券商「波西商號」買了五股。這檔股票緩慢但穩定上漲。隔天下午，「波西商號」遭到搜索，業主和警方對於如何認定價格有歧見。

吉馬丁在新街徘徊，和這家被抄的空殼證券商裡的其他客戶聊天，討論這是不是老波西本人「設下的圈套」，大家都知道，過去幾個星期，老波西和客戶對作一直都在虧錢。受害者一個接著一個離開，到最後，吉馬丁也離開了擺著報價機的這一區。他慢慢走下華爾街，然後往上轉進威廉街（William Street），想著自己的運氣怎麼這麼差。大都會牽引機公司的股票看起來顯然會繼續攀高，真的，他彷彿可以聽到這檔股票響亮地大喊：「我要漲，現在漲，馬上漲！」要是有誰買個一千股，同意分他一百股的獲利就好了，不然十股也好，一股也可以！

但他現在連車票都買不起，接著又想起早餐之後他什麼也沒吃。現在想起這種事對他來說沒什麼好處。他得去布魯克林找葛瑞格斯，才能吃到他的晚餐。

「怎麼會這樣？」他感受到一種奇特的自怨自艾，並對著自己說，「我連一杯咖啡都買不起！」

他抬起頭，環顧四周，看著一家不起眼的小餐廳，而他在這家餐廳裡連一杯咖啡都買不起。他走到了少女巷。當他上上下下打量著這條街的北面，一張招牌吸引了他的目光：

麥斯威爾吉波公司

一開始，他還有點迷迷糊糊，不太懂這是什麼意思。離開久了，也讓他對這裡覺得陌生了。公司的職員正陸續走出來，詹姆森看起來比以前更不好相處，他似乎永遠都認為自己比詹金斯更有能力做生意；丹尼長高了一點，他已經不是辦公室小弟了，現在的他衣冠楚楚，穿著一套藍色斜紋西裝，打著最新款的領帶，散發出健康且正確精準的氣息；威廉森頭髮白了很多，三十年的一成不變都寫在他的臉上；鮑德溫一如往昔，開開心心結束一天的工作，微笑聽著詹金斯說的話；詹金斯接下吉馬丁的職位，披上了一股威嚴，也養成了發號施令的習慣，這是他以前不曾看過的。

忽然之間，吉馬丁跌入了昨日。他看到了自己過去的模樣，本來現在的他也很可能是這個樣子。他快受不了了。他渴望衝到老同事身邊，和他們說說話，和他們握握手，變回過去那個吉馬丁。他差一點朝著詹金斯走過去，但倏地止步。他的衣服破破爛爛，實在覺得很丟臉。但他替自己辯解，他可以對他們說說自己怎麼賺到了十萬美元，又為什麼會全部賠光光。甚至，他或許可以跟詹金斯借點錢。

一陣突如其來的衝動，讓吉馬丁急忙轉過身去，快步離開少女巷。他現在滿腦子想的全是，不能讓老同事們看到自己這般狼狽模樣。不用看著他們，他也感覺得到自己的身上破舊邋遢。走著走著，一股強烈的落寞朝他襲來。

他走回華爾街，街頭是老三一教堂（Trinity），右邊是國庫署，左邊是證交所。

從少女巷走到處處是報價機的這條巷子，這就是他的人生。

「要是我有買大都會牽引機公司的股票就好了！」他這麼說。之後，他朝北方踽踽獨行，要上大橋，去布魯克林去找那位生活也被毀掉的雜貨店老闆葛瑞格斯討一頓飯。

第 4 章

仁慈的低語

A PHILANTHROPIC WHISPER

「孩子！落袋為安，什麼都別說！」

華爾街有各式各樣的大操盤手和「領頭羊」，有些是文質彬彬、受過良好教育而且話鋒機敏的領導者，有些是滿嘴髒話、不懂文法也沒有禮貌的領導者。有些人把股市當成報價條版的蒙地卡羅（Monte Carlo）賽車場，有些人把股市當成達成目標的手段。有人冷酷、精於算計且鐵石心腸，有人膽戰心驚、衝動不已、容易激動。有人是教會的中流砥柱，而且滴酒不沾，有人奉報價機為上帝，在喝得爛醉的時候做出最出色的交易。然而，在華爾街一頁頁讓人喘不過氣的歷史裡，從來沒有一位領導者擁有成千上萬的追隨著，而且組成分子從小額操作的投機客到富可敵國的大富人士都有。過去從來沒有一位領導者光靠說話就可以取代統計資訊，只要他說一句「我買這檔」，就能替某一檔股票引來大量買家，勝過所有光鮮亮麗的公開說明書、會計師的簽證書和銀行家的估計值。

一開始，華爾街說，會有這種事是因為大眾染上了投機狂的傳染病，這位崔德威上校（Colonel Treadwell）不過就是一名大膽的操作員，由美國最有錢的人組成小圈圈替他「撐腰」，他不是技巧純熟的股價「炒手」，完全是靠著大量買進的蠻力才帶高他挑出來的那些股票，當然，股民總是跟著交易最活絡的股票走。另外也還有很多理由可以解釋他的成功。但到頭來，華爾街終於明白，投機大眾對於這位上校的盲目忠誠其來有自。這位崔德威上校蔑視所有傳統，推翻所有先例，違反所有規則，把所有的「股市老手」逼到瘋狂兼破產的邊緣，他每天使用的手法全部抵觸一般世俗對於股市操盤這門藝術的觀點，他創辦了一個新的門派：他說實話。

上校坐在辦公室裡，獨自思考。辦公室的門敞開著，一如往常這扇門從不關閉，崔德威公司（Treadwell & Co.）的員工和顧客在門口來來去去，他們會瞥見這位偉大領導者寬闊仁慈的臉龐，還有他那雙機敏、不時閃動的小眼睛，彷彿對著他們微笑。他們會想，不知道上校在籌劃什麼新「案子」。之後，他們賭上自己的所有精神和資源，殷切希望能夠得知是哪一檔股票（只要知道名稱就好了），這樣一來，他們或許就可以「在底部時進場」。

這位知名的操盤手坐在辦公桌旁的旋轉椅上。他轉過身去，不去理會旁邊堆積如山的來信，然後從右邊轉到左邊，再從左邊轉到右邊。他的鞋尖碰不到地板（他的個子矮小），還差了一、兩吋，他心滿意足地晃著雙腳。一架報價機快活地轉動著，崔德威不時會停下他的旋轉椅，不再晃動雙腳，優哉游哉地瞥一下報價機的「帶子」。從他辦公室裡的窗戶望出去，他可以看到一條由人匯集而成的密西西比河，也可以看到一小片紐約夏日的晴空，但他的眼神停不下來，總是在不同的地方徘徊，在各處跳來跳去。員工和客戶都在想，不知道市場的走勢是否如上校的安排。報價機轉動著，喀哩喀哩地響，完全不帶感情，上校則是一副正在沉思的模樣。這「老傢伙」在密謀什麼事？看空的人最好注意一下！事實上，崔德威在想的是幾分鐘之前才離開的手足威爾森（Wilson），他的頭真的越來越禿了。他也在想，那些打廣告宣稱「返老還童」、「重返青春」的人講的是不是真的，還是，就像他自己所想的那樣，這些都只是「華爾街式的語言」。

一位崔德威上校完全不認識的年輕人停在門口，他看著這位股市領袖，面露遲疑。

「請進，請進。」上校歡快地大聲說，「何不進來裡面坐坐？」

「早安，崔德威上校。」小夥子怯怯地回答。

「你是哪位，有何貴幹，有什麼我能為你效勞的地方嗎？」上校一邊說，一邊伸出手。

年輕人不介意他的肥胖，也伸長了手。「我叫做……」他用很正式的自我介紹口吻說，「凱瑞（Carey），我的父親以前是《布蘭克博先鋒報》（*Blankburg Herald*）的主編，他認識您。」

「那好，」上校語帶鼓勵地對他說，「先握個手吧。」

凱瑞握了握手，他的畏怯消失了。崔德威想，這個年輕人長得很討喜，聲音也很討喜。凱瑞則想，這是一個心地善良、開心快活的老傢伙，和他想像中的股市領導者完全不一樣。

「對，」上校繼續說，「我當然記得你父親。我從來不會忘記那些在紐約上州的朋友們，我也一向很開心能見到他們的孩子。我在競選國會議員時，比爾．凱瑞（Bill Carey）寫了很多對我有利的火熱社論，但我還是被人數眾多且熱情激動的大多數選民打敗了。我已經二十多年沒見過令尊了，自從他誤入歧途走入政界後就失聯了。」

「是的，崔德威上校，」凱瑞笑了，「我想父親已經為您付出全力了。從我在報紙上讀到和您有關的事蹟來說，您沒進國會反而比較好。」

不知道的人，可能會以為這兩人是多年老友。

「我也是這麼說的。這都是不得已啊。」崔德威輕笑。

「上校，」年輕人大膽開口，「我過來見您，是希望您給我一些建議。」

「多數人沒有機會問第二次，你現在要謹慎開口了。」

「您是指，他們遵循您的建議而發了財，因此不用再回來找您嗎？」

「年輕人，你還真是個政治人物。某一天，某個好日子，當你醒過來時，你會發現自己就身在國會裡頭了。但如果令尊重返報社，寫了一些對你有利的社論，那可能就另當別論了。」

上校心想，這孩子笑起來很迷人。

「上校，我存了一些錢。」

「收好，這是我能給你最好的建議。馬上離開這裡。看在老天爺的份上，年輕人，你現在可是在華爾街。」

「喔，我……我在這間辦公室裡應該很安全吧，我猜啦。」凱瑞回敬他。

這位響叮噹的股市大人物審慎地看著他，男孩也回看著他，一臉沉著。崔德威上校笑了，凱瑞也跟著笑了。

「你究竟是做哪一行，才能不被關進州立監獄裡？」崔德威問。

「我是聯邦幫浦公司（Federal Pump Company）的職員，公司在三樓，就在貴公司樓上。我存了一些錢，我想要知道該如何處理。某一天我在《太陽報》上讀到一篇文章，提到您建議大家可以拿存款買進城郊電車公司的股票，看看他們賺到多豐厚的報酬。」

「那是一年前的事了。從那時候算起，城郊電車公司已經漲了五十元了。」

「這就證明您的建議太好了。您也說過，年輕人應該好好配置存款，不應該放著閒置。」這位年輕人直盯著這位股市領導者那雙細小、閃動且仁慈的雙眼。

「你有多少錢？」

「我有兩百一十美元。」年輕人帶著不太肯定的微笑回答。他自己一個人時，對於自己能存到這麼多錢深感驕傲，然而在這個辦公室裡，這麼一點小錢卻讓他覺得有點丟臉。

「哇！」這位身價達百萬美元的投機客非常慎重地說，「這是很大的一筆錢。我剛開始創業的時候，絕對沒有這麼多錢。你有帶在身上嗎？」

「有的，先生。」

「嗯，那我介紹你認識我哥哥威爾森，他負責服務我們的客戶。約翰（John），請進來一下。」

約翰來了，他姓梅隆（Mellen）。他很瘦，人看起來很安靜，大約五十五歲。他的對手說，他每年都能賺到一百萬美元，而且也存下來了。

「約翰，請坐。」崔德威上校一邊說，一邊和梅隆先生握手，「我等一下就回來。」

走到了門口，他又和另外兩位訪客握手，一位是身材高大、臉色紅潤、滿頭白髮且連鬍子都白了的米爾頓．史帝爾斯先生（Milton Steers），他是在晚宴後負責演講的人，也自認是一個機智聰穎的人，而且他剛好是一家鐵路公司的總裁。另一位是歐格登先生（D. M. Ogden），他看起來像英國傳教士，但實際上是華爾街非常豪華的歐格登大樓（Ogden Buildings）業主。他們是為了討論適不適合去做「電車公司」的新案子而來。他們個人再加上同伴，兩人總共代表了五億美元的資金。但崔德威上校請他們等一等，他要帶著新認識的朋友去哥哥辦公室一趟。

「威爾森，我要把一位新客戶交給你，這是凱瑞先生。」崔德威上校說。

威爾森．崔德威開懷地笑了笑。他很高很瘦，而且看起來很嚴肅。這家公司不想要新客戶，要和他們做生意的人太多了，根本忙不過來。他們是美國最忙碌、最知名的股票經紀商。但他們歡迎上校的朋友，而且永遠歡迎。

「很高興認識你，凱瑞先生。」威爾森．崔德威說。這家公司有一些非常年輕的客戶，他們的財富和年齡成反比。

「我想，」上校說話了，「我們最好替他買一些伊斯頓&阿倫敦鐵路公司（Easton & Allentown Railroad）的股票。」他笑了，而他幾乎總是笑著。此外，他也在想著哥哥會不會對這位新客戶有錯誤的印象。

「好主意。」威爾森贊同，「你應該馬上下單，凱瑞先生，這檔股票漲得很快。」

「嗯，年輕人，拿保證金給他，讓他在認為最適合的時候盡量替你買進。」上校說。

「五千股怎麼樣？」威爾森·崔德威提了建議。

崔德威上校輕聲笑了。「五千股？才五千？」

「那好吧，如果他要的話，我可以買五萬股，反正有你擔保他的帳戶。」

他哥哥微笑著說。

「我想，」這位股市大亨慢慢地說，「你最好從一百股開始。」

對弟弟瞭若指掌的威爾森接著說：「喔！」他又笑了笑，並對職員下單，要以「市價」或者說現價替凱瑞先生買進一百股伊斯頓&阿倫敦鐵路公司的股票，並以最慎重其事的態度收下這男孩的兩百一十美元。以證交所旗下的券商來說，連規模最小的也不會接受這麼小的戶頭。身為最大券商的崔德威公司願意，而且也真的這麼做了。

上校和年輕的凱瑞握了握手，他的父親曾經主編一份全國性的大報，但是從來都不是上校的密友。他對凱瑞說：「有空隨時過來。」然後就回去找他的同伴了。

在那個星期與下一個星期，伊斯頓&阿倫敦鐵路公司一直是股市的「明星股」，凱瑞以每股九四美元買進一百股，十天後股價來到一〇六美元。

第十一天，年輕人又進了崔德威公司的辦公室。他知道自己賺了一大筆錢，以他這個年紀來說，這筆錢比他能想像的金額都高，但他不知道接下來該怎麼辦。他聽到某個人對另一個人說：「獲利了結？不要在這個價格賣。伊斯頓&阿倫敦鐵路一定會漲到一一五美元。」

凱瑞算了算，如果他等到股價來到一一五美元，那他差不多可以多賺一千美元。

「像豬那麼貪心是沒用的，到頭來就是被罵，」那個人繼續說，他的語言很生動，凸顯了他的重點，「但是，太早出清、後面這麼多錢都不要賺了，又有什麼意義？設定損失限度，然後讓獲利繼續往上飆。」

他們站在隔間辦公室的走道上，這一群人全是崔德威公司的客戶，除了每天都會來這裡的新聞記者正等著和知名股市大亨訪談。人群裡有兩位現任的美國參議員，一位前國會議員；有幾十個繼承了財富、想要在股市裡翻倍的人；有三、四個頭髮灰白、一臉精明的資本家，各家報社的財經版上經常可以看到他們的名字；十三位傑出的市政級政治人物，以及臉色紅潤、鬍子雪白的知名西方鐵路公司（Western railroad）總裁；兩位知名的醫師；一家人壽保險公司的副總裁；十位批發商，還有一位聲音低沉、不太引人注目的矮小男子，他很安靜，看起來幾乎是一臉歉意，他很少說話，也從來不笑，但他站在上校本人身邊，無庸置疑，他是辦公室裡資金最雄厚的「豪賭客」。

上校從自己的辦公室走出來，走進哥哥的辦公室，辦公室裡一張精緻的長桌旁坐了幾位城郊電車公司的董事，報紙上提到這些人時都不會指名道姓，而是形容他們是「重要的內部人士」。這是一場很重要的會議，涉及的議題是要拍板決定了不起的「電車公司炒股團」相關事宜，這一次的操作日後會成為華爾街的重要歷史事件之一。就像外面某位投機客說的，這是「攤牌時刻」，要確定炒股團需用的現金，每個人要宣告自己願意「拿出」多少來攤分這十萬股。

凱瑞站在威爾森・崔德威辦公室的門邊，和這麼多顯然非常富有的長輩同處一室，他覺得極不自在。他的畏怯救了自己一把，因為上校經過他身邊時停了下來，用很低的聲音詢問：「股票還在嗎？」

走廊上的這些顧客，他們都聽從上校的建議，每個人各「抱著」五百到一萬股不等的伊斯頓&阿倫敦鐵路公司的股票，大家滿心熱切地想往前靠近。他們全都領先華爾街一大截，平常根本不會紆尊降貴聽別人說話，除非他們的人生端賴這場對話。但在券商辦公室裡，當股市大亨開講時，這樣的想法就顯得很荒謬，甚至相當邪惡。顯然，此時此刻，有二十雙眼睛定定地看著這位偉大的股市領導者和他身邊的年輕職員。

上校靠直覺就能感覺出來，他很快用那雙犀利細小的眼睛瞄了一下，藉此確認。他還沒有出清自己手上的伊斯頓&阿倫敦鐵路持股，但正以市場能消化的量盡可能快速出貨。這檔股票不太可能再衝高多少了。華爾街啊，從來不願意相信股票操作員的善意。這個世界會聽到很多人在喊「崔德威買進了」，卻從來不曾聽到有人講「崔德威賣出了」，華爾街習慣冷嘲熱諷地來評論這件事。

如果上校暗示客戶，點出之後將會有雪崩式的賣單導致摜破股價，這對誰都沒有好處。股價在九〇美元和九五美元時他就建議他們買進，現在是一〇五美元了，他可以說早已經盡到該盡的責任了。如果他們還不想出清，寄望著還能賺更多，那是他們自己的事。

但，這個手上握有一百股的男孩，這個來自紐約上州的討喜小職員，他傾其所有，把他存的兩百一十美元全部拿出來了。他不了解華爾街。然而，自己應該對這男孩說他建議賣出嗎？這可是有代價的！

上校決定冒險。他用一邊的嘴角擠出聲音，讓他根本不用轉過頭去看這個男孩，所以，那些看著他的顧客並沒有懷疑他到底在幹嘛，他很快地對著男孩吐出低語（這是一種不公平的舉動，但是滿懷慈愛）：「確認你的錢，孩子！落袋為安，什麼都別說！」接著他隨即走進會議室，城郊電車公司的巨頭已經等得不耐煩了。

凱瑞嚇到了，但他什麼也沒說，並且下了單賣掉手上的伊斯頓&阿倫敦鐵路公司股票，完全沒有引起眾人的懷疑。他們替他賣在每股一〇五・一二五美元，扣掉佣金和利息費用之後，上校的低語讓這年輕職員的錢包多了一千零五十美元。

後來這檔股票有再漲到稍微高一點，之後又緩慢跌到大約九九美元。客戶在這檔股票上都賺到還不錯的報酬，但如果他們私下聽到崔德威上校的耳語，然後「退出」伊斯頓&阿倫敦鐵路股票的「案子」，還可以賺得更多，那真是不太公平卻滿懷慈愛的低語啊！

第 5 章

赢家

THE MAN WHO WON

他的最後一張牌就是自己的惡名昭彰，
他要留到最後才出。

「布朗，」約翰．格林納先生（John P. Greener）從角落裡的報價機那邊轉身回來，一邊說著，「我希望你去一下交易所，看看愛荷華米德蘭公司的市況如何。去看一下那邊掛出多少賣單，持有股票的是誰。這檔股票應該很分散，華爾街各處都有。」

「這檔股票怎麼了？」他的合夥人很好奇地問。

「沒什麼……還沒事。」格林納安靜地回答。

他坐在辦公桌旁，拿起一封信，寫著「愛荷華州基奧卡克市，基奧卡克北方鐵路公司，總裁辦公室」。當他讀完這封幾乎寫滿十六張信紙的信之後，他站起身，在辦公室裡慢慢走來走去。

格林納是一個面色蒼白但鬍子漆黑的小個子，他很瘦，讓人覺得他很衰弱，他的額頭很高，但很窄，一雙淺棕色的眼睛看起來有點偷偷摸摸、鬼鬼祟祟。他正在思考，而且是在思考某一件事。就算是陌生人，任何人只要看到他的樣子，就知道他正在想一件大事，他的前額傳達出了這種氛圍。還有，這件事有點陰險、悖德，而且冷血，看他的眼神就知道了。最後，他的眉心舒展開來了。他咕噥道：「我一定要拿下那段路線，然後和我的基奧卡克北方鐵路公司（Keokuk & Northern Railway Company）整合，這套新系統將會長長久久，就像美國一樣！」

半小時後布朗回來了，並向他報告。賣價掛在每股四二美元以下的股票很少，這些都是不太重要的券商手上有的貨。價格來到四四美元時，有交易的供應量就增加了，到了四六美元時，「內部人士的股票就會丟出來」，白話來說，這表示只要愛荷華米德蘭鐵路公司的股票漲到每股四六美元，公司的董事或他們的親朋好友就會願意把持股放出來。在華爾街持有愛荷華米德蘭股票的人中，有一大部分是以投機為目的，顯然不會以約翰．格林納先生認為很划算的價格賣出。格林納是基奧卡克北方鐵路公司的地下總裁（這家公司是愛荷華米德蘭鐵路公司的對頭），但對於外面無數的「肥羊」、寡婦孤兒和兄弟檔金融家來說，他們對格林納更熟知的名號是「華爾街的拿破崙」。

「有支撐性的買盤嗎？」格林納尖聲地問。股票有「支撐」，是說股票下跌時有人買，也因此，股價不會跌太多，而且也不會跌太快。

「巴格利（Bagley）掛了單，每跌〇．二五元他就買三百股，一直買到三七美元，之後他要買五千股。這是威勒茲（Willetts）親自下給他的單。」巴格利是一名股票經紀商，他的專長是操作愛荷華米德蘭鐵路這檔股票，威勒茲是這家公司的總裁。

「威勒茲，」格林納粗嘎地說，「今天早上他人在康索布拉夫（Council Bluffs），他要去參加陣亡將士紀念碑的揭幕典禮，典禮一點開始，這也就是說，二十分鐘內就會開始了，就算有一點時間差，應該也差不多了。他今天下午都不會看到電報。」

布朗笑了，「難怪他們都怕你。」

「布朗，」格林納說，「發動攻勢，賣出一萬股愛荷華米德蘭鐵路。拆開來交給交易所裡那幾個男孩賣。如果我們的賣出震動了交易所，那就太好了。

對我們來說，把價格壓低比在高點放空更重要。我想要把這檔股票壓下來。」如果他只是希望「賣空」這檔股票，他會小心操作，盡量不要擾動股價。

「如果你想這麼做，我猜你會心想事成。」布朗說。當他走出去時，格林納在他身後粗嘎地說，「讓他們去猜，布朗，讓他們去猜。」

「這麼一來，」約翰·格林納先生思索著，「應該代表愛荷華米德蘭鐵路至少會跌三到四元，我們很可能可以摜破三七美元底部，等著瞧吧。」他說的「底部」，是指支撐買盤買得最兇的價格。

幾分鐘後，證交所交易大廳裡愛荷華米德蘭鐵路的「交易櫃位」被一群迷惑、憂心但仍展現出紳士風度的股票經紀人包圍，再過了幾分鐘，同一個交易櫃位變成了翻騰的漩渦，捲進了一群瘋狂的人。這幅景象很可怕，你會看到這些股票經紀人揮舞著各種手勢、大吼大叫、彼此爭鬥、扯衣拉髮、互相鬥毆。很可怕，也很粗鄙、自私、令人不快，而且完全沒有什麼紳士風度可言，但也非常尋常。事實上，引發這一場大變局的原因，是有人看到布朗先生對著哈利・威爾森（Harry Wilson）說悄悄話，威爾森先生離開之後，跑到愛荷華米德蘭鐵路公司那一群人裡，用四二・一二五美元與四二美元各賣了一千股。接著，又有人看到布朗先生和卡勒頓先生（W. G. Carleton）說話，讓目擊者最吃驚的，是他那種多多少少有點激動的態度，之後，卡爾頓先生漫不經心地信步逛到愛荷華米德蘭鐵路公司的場子，表現出不太關心這個世界、尤其特別不在乎愛荷華米德蘭鐵路公司的市況，然後在四一・七五美元、四一・六二五美元和四一・五美元各賣出一千五百股，全都賣給專門收購這檔股票的巴格利。現在，有四、五十雙犀利的眼睛盯著布朗先生，他們臉上都有相同的表情。他們看到他一副很不安的樣子，然後開始和法蘭克・裴瑞特先生（Frank J. Pratt）說話，一講完，裴瑞特馬上以雙腿能跑出的最快速度衝到「愛荷華米德蘭」那邊，以均價四一美元賣掉了兩千股。他的行動讓旁觀者的眼神換上新的表情，他們猶豫不決了。但是，當他們看到布朗先生焦慮地向他「特別的」朋友丹恩・辛普森（Dan Simpson）點頭示意，又看到尖叫出聲的丹恩像瘋了一樣衝向越來越擁擠的人群，賣出五千股愛荷華米德蘭鐵路的股票，而且完全不管價格多少，之後這些人的視線就不再鎖定布朗了，現在他們的肢體活動轉移到喉嚨了，他們也想像辛普森和其他「被布朗咬耳朵的人」那樣叫出聲。每個人都嗅到危機的氣息，更詭異的是，這些「被咬耳朵的人」並沒有「洩露」布朗和格林納的名字、指出這兩人是真正鼓動賣股票的幕後黑手，每個和布朗談過的人之後做出的行動看來都像是自動自發，但交易大廳裡面的每個人都知道，這不可能是事實，這一點又讓大家更添焦慮。這是一場機密又神祕的行動。當某些據信「非常接近內線人士」的經紀人也開始賣股票時，情況又更令人費解到火大的地步。每一個人都起而效尤，而且每一個人都在問同一個問題：「到底怎麼一回事？」得到的答案一籮筐，各式各樣的解釋都有，而且全都是利空訊息。有一個人說是因為穀物歉收，有人提到幾種不同的病蟲害，第三個人堅稱，是因為發生嚴重的土石沖刷與具有毀滅性的山崩，也有人說有一項偏向社會主義色彩的立法案衝擊到這家公司，可能導致破產，還有人說這家公司有可能被接收。

每一個理由都能充分適切解釋為何應該賣出愛荷華米德蘭鐵路公司的股票。雖然這樣的比喻可惡又陳腐，然而，在華爾街裡，負面謠言的壯大真的就像是從山上滾到山下的雪球，越滾越大，最後變得又巨大又可怕，還很可能變得萬分邪惡。

交易大廳裡掀起愛荷華米德蘭鐵路公司狂潮。投機客為了逃命常會互相踐踏，和動物野獸沒有兩樣。沒有一檔股票禁得起他們的快速拋售，就算有操盤手「保護」或「撐盤」也沒用，更別說像愛荷華米德蘭這樣的股票了，這檔股票的市場主力出城去了，連電報都看不到。

整個大廳裡的人都衝向布朗，他安安穩穩地坐在伊利鐵路公司（Erie Railroad）的「交易櫃位」旁，和一個朋友輕鬆閒聊。

「布朗，愛荷華米德蘭是怎麼一回事？」其中一人急切地問，另外兩個急切地等著聽答案。

布朗大可粗魯地說「我不知道」，然後就轉過身去不理他們，但他沒這麼做。他打趣地說：「在我看來是有什麼事情導致愛荷華米德蘭要跌了，這個什麼事情大概要跌個三元吧，這是我說的啦，哈！哈！」

到了這個時候，幾乎所有聽到此言的人都得出一個結論：既然布朗不肯說出口，那一定是很嚴重的事，嚴重到不得了。布朗顯然還透過其他經紀人在賣這檔股票，在他把手上的「貨」出清之前，他都會三緘其口。之後，他可能會饒富興味地大講特講。因此，他們建議自家公司出脫愛荷華米德蘭鐵路的股票。這檔股票可能沒事，也可能麻煩大了，然而，股價跌得好急。

格林納先生在辦公室裡，看著記錄著交易與價格的小小電動報價機不斷吐出報價條。

這個臉色蒼白的矮小男子容許自已稍微展露笑容，但只能輕之又輕。報價條上顯示：「愛荷華米德蘭，一〇〇〇，三九；三〇〇，三八・七五；五〇〇，三八・六二五；三〇〇，三八・五；二〇〇，三八・三七五；二〇〇，

三八．二五；三〇〇，三八。」

格林納轉過身叫來一位職員，對他說：「洛克先生（Rock），請庫里傑先生（Coolidge）過來，請他快一點。」

「我這就去，先生。」

接著，一位身材肥胖、穿著白背心、頭髮也已經花白、兩邊留著雪白短鬢角的男子，無禮地衝進他的辦公室。

「您好，歐米斯頓先生（Ormiston）。」格林納用粗嘎的聲音誠摯地問候對方。

「格林納，」這名肥胖的男子喘著氣說，「愛荷華米德蘭鐵路是怎麼一回事？」

「我怎麼會知道呢？」他用半抱怨、半任性的語氣粗嘎地回答。

「布朗開始賣股了，是我親眼看到的，格林納。之前在中央區電報公司（Central District Telegraph）那一檔我幫了你一個大忙，我做多這檔愛荷華米德蘭鐵路，買了六千股，看在老天的份上，如果你知道什麼……」

「歐米斯頓先生，我只知道我從幾份和愛荷華州穀物有關的機密報告看到的消息。基奧卡克北方鐵路公司路線沿線的收成，都不如我所願。」他悲傷地搖搖頭。

「嘀——嘀——嘀——嘀！」報價機冷靜地響著。

肥胖男走近這部小機器。「三七．一二五，三七！」他大叫，「老天爺啊！這檔股票跌得像是……」他的比喻還沒說出口，就急著衝出辦公室，連停下來道別都沒有。一點時，他那六千股的股價是每股四二．五美元，總金額為二十五萬五千美元，現在，兩點了，每股跌到三七美元，同一批股票只能賣到約二十二萬兩千美元，一個小時少了三萬三千美元，已經足以讓當事人不去顧全小禮節了，更不妙的是，事實很明顯，在市場下跌時試著賣出六千股必會導致進一步下挫。歐米斯頓先生的表現情有可原。

格林納又再度叫來那位他很信任的職員。

「洛克先生，」他平穩地用粗嘎的聲音說，「打電話給布朗先生，告訴他歐米斯頓．孟克豪斯公司（Ormiston, Monkhouse & Co.）將會賣出六千股愛荷華米德蘭鐵路的股票，叫庫里傑先生出價絕對不可以高於每股三五美元。」

「先生，庫里傑先生已經在您的私人會客室了。」一位辦公室小弟說。

這位小個子的金融家，帶著面無表情的蒼白臉孔來見他最信任的首席經紀人。華爾街從未懷疑過他倆的關係，大家都認為庫里傑和藹可親又高尚正直。

「庫里傑，馬上去交易大廳。歐米斯頓要賣六千股愛荷華米德蘭鐵路的股票，盡量用低價買進，但不要急。」

「我該買多少？」經紀人一邊問，一邊在他的訂單冊上草草寫下幾個數字。

「多多益善。所有的股票買價都要低於三七美元。」這位華爾街的拿破崙嘎聲說，就像是拿破崙在下軍令。「還有，庫里傑，我不希望任何人知道這件事，你自己想辦法清掉這些股票。」這是指，庫里傑要用他自己的名字透過結算機構買這些股票。除了一般的買賣佣金之外，這樣的服務還要額外收費，通常不會做到這種地步，除非經紀人的委託人是交易所的成員，而經紀人想要隱瞞委託人的身分。

「好的，格林納先生，祝您早晨愉快。」這名經紀人跑著出去。「咻！」當他走到華爾街上時，他吹了一聲口哨。他要趕去證交所，沒幾步路就到了。「布朗和格林納一定至少放空了五萬到六萬股。」他預估的數字高了五倍，但這也顯示格林納先生在散播錯誤印象時並沒有偏心哪一方。他想要囤積這檔股票，而不是「回補」做空的部位，但沒有理由要讓別人知道，就連他最相信的經紀人也一樣。

歐米斯頓的六千股轉到了庫里傑的手上，進價從三四．八七五美元到三五．七五美元不等。在此同時，布朗先生繼續用平常的花招壓低股價。他曾經幫了格林納一個大忙，現在又要故技重施：這是一份價值四萬美元的大禮。

此外，庫里傑聘用了幾位經紀人，總共買進兩萬三千股，這表示，格林納先生在「回補」布朗之前的「賣空單」之後，手上還握有整整一萬四千股愛荷華米德蘭鐵路公司的普通股，價格比前一天的成交價幾乎低了六元，算起來是省了近七萬五千美元。

但布朗和格林納的空單也賺了很多，實際上，這相當於那群肥羊付錢給這些人，買下任人宰割的權利！

這位號稱華爾街拿破崙的男人，為了掌握愛荷華米德蘭鐵路公司起伏不定的供給量，發動了多次的攻擊，這是第一次，他一直到手中握有的股數至少有六萬五千股的安全量時才停手。

格林納用上各種熟悉的老花招與他發明的新把戲，就是為了躲起來不讓華爾街知道他善用每一次的機會買進股票。但，到了一定的量之後，再買進特定股票就逃不過華爾街的眼皮了，這裡的幾千人可都是靠著不盲目才能過日子（說真的，他們過的可都是好日子）。一開始有某一件事讓人起疑，接著又出現另一個疑點，讓這些人知道某個強大的金融家或者某一群金融家正在大量買進愛荷華米德蘭鐵路的股票，不著痕跡地「吸收掉」過去幾個月來因為價格劇烈起伏而拋出來的股票。基於這一點，再加上鐵路路線沿線業務大好，導致這家公司的股價「大幅上漲」。但無人疑心眼神游移、講話粗嘎又天縱英才的小拿破崙，他透過不會讓人起疑的股票經紀人在公開市場買進，也透過神祕的代理人在愛荷華向在地股東收購，直到他握有了七萬八千六百股。

有一天，布朗有點不安地對他的合夥人說：「如果我們買不到更多股票，我們要怎麼處理手上這些？」不管多麼謹慎，當他們想要賣出時，必定會驚動市場。

「布朗，」這個矮小的男子很哀怨地嘎聲說：「我的結論是，如果我的持股不足以讓威勒茲和他那夥人……」他說的是愛荷華米德蘭鐵路公司的總裁以及他那一票董事，「臣服於我的想法，我們最好現在就以每股六八美元的價格把持股賣給基奧卡克北方鐵路公司。我們甚至可以把價格再拉高一點。我們的平均成本是每股五一美元。拿錢時我們可以一半拿現金、另一半收取折價公道的第一抵押債券。這筆交易對基奧卡克北方鐵路很有利，因為，擁有這麼大量對手公司的股票，就不用再擔心也無須打折扣戰了。我們的公司在這樁愛荷華米德蘭鐵路交易案中扮演重要角色，就因為這樣，我們應該要拿到兩席、甚至可能三席的董事席位。」

「格林納，」布朗說，「成啦！」

「喔，不，還沒呢。」這個小個子的男人又粗嘎地說著，他很不認同。

過不了多久，他發動了一場針對愛荷華米德蘭鐵路公司管理階層的惡意行動，尤其是總裁威勒茲。這是場很讓人痛苦的行動，包括了抹黑、巧妙設計的指控，以及充滿警告意味的預測。不管是重要大報還是小報，有的收了錢，有的是忠實呈現，所有報紙都開始刊登從技術面來說可稱之為「嘲弄揶揄」的文章。報導說，這家鐵路公司能免於面臨被接管的局面，完全是因為奇蹟出現。威勒茲總裁無能到難以想像，而且無藥可救。這樣的指控事實上是有跡可循的，很多股東無疑都對於威勒茲「王朝」極為不滿。但就連這些報社本身也不知道，他們只是順著第一流的金融天才刻意挑起的話題運作罷了。這檔股票又再跌了。威勒茲總裁不知道是誰在整他，也沒辦法有效地捍衛自己。許多膽小或已經厭煩的股東出脫了股票，格林納先生不動聲色，但他的經紀人買下了這些求售的股票。

到最後，一位知名又多嘴的經紀人向密友全盤托出，他這位密友又私下告訴自己的好友，後者再悄悄告知朋友，朋友又再說出去，就這樣一傳十、十傳百，大家都知道約翰．格林納先生是愛荷華米德蘭鐵路公司起起落落的幕後黑手，他在證交所買進已經好幾個月了，沉默低調地收購好幾筆大額賣出的愛荷華米德蘭鐵路公司股票。整件事糟透了，但更糟的是，這是真的。還有，聽說格林納先生現在持有十八萬兩千三百股，這一點也很糟，但不是真的。

這場狙擊已經漂亮地結束了。愛荷華米德蘭鐵路公司六個星期之後就要開年會。

新聞記者爭相衝進格林納先生的辦公室，但並沒有如願見到這位小個子金融家，不過最後，格林納終於心不甘情不願地接受訪談。他先巧妙地表現出自己有多麼不願意，然後承認他還是買下了愛荷華米德蘭公司的股票。至於買了多少，他說，一般大眾應該不太關心這個問題。記者最後緊逼他，成功地讓這位小個子金融家帶著稍縱即逝、非常特別的笑容說出：「是的，超過十萬股。」之後，記者再也無法從他口中問出任何消息。

他很聰明，從不對媒體說謊。見到這個笑容以及搭配笑容的狡猾模樣，每一位記者在離開時都願意拿生命發誓，約翰．格林納先生掌控了愛荷華米德蘭公司，他們也據此下筆。

威勒茲總裁氣得差點中風。華爾街憤慨地說：「格林納的卑鄙陰謀又一次成功了！」這樣一來，他的名聲就變成吸乾鐵路公司與公司利潤的「吸血鬼」，讓這檔股票在兩天內跌了十美元。投資人和投機客都表現出一種狂熱的憤慨，絕對不要以任何形式或方式和格林納先生的任何資產扯上邊。

他們並沒有錯怪這位小個子金融家。他的最後一張牌就是自己的惡名昭彰，他要留到最後才出。他的經紀人如同藝術表演般演出「言行失當」，之後引發了普遍的恐懼，讓他得以用更低的價格「搶到」三萬兩千股。這就是出名的價值！

現在他手上有十一萬零六百股，換算下來，是愛荷華米德蘭鐵路公司所有股本的三分之一，已足以迫使威勒茲和格林納先生的基奧卡克北方鐵路做出獲利豐厚的交易。如果可以的話，能握有愛荷華米德蘭公司的絕對控制權當然是最好。但這個臉色蒼白、額頭高聳、眼神狡獪的小個子男人很懷疑是否真的能做到這一點。他向布朗明白坦承，結論是：「我從這項資產中賺到好多錢呢，真是不好意思。」

他估計（他花了一萬一千美元取得必要的數據），威勒茲和他那一群人持有十萬零五千股，因此，還有十二萬兩千股流落在外，很可能在全國各地的小額投資人手上，他們並不在乎管理鐵路公司的人是誰，只要有人答應發給他們可觀的股利就好。銀行和一些反格林納的人手上也有一些，雖然他們並不肯定威勒茲，但顯然更強烈不認同格林納和他的手法。

如果他無法買下股票，那他必須試著取得委託書。

他知道有些信託公司有不少他想要的股票，接著就去圍攻他們，連番提出各種承諾，並且如發射連環炮火般不斷懇求他們，這些理由聽起來合理正當、非常穩健，而且是就生意論生意，以突破他們身上提防他、不信任他的鎧甲。到最後，他們越發相信，答應支持格林納先生才是明智之舉。他提出的保證看來堅如銅牆鐵壁，他們答應只要他派人過去，就把委託書交給他。

他打電話給自家員工洛克，對他說：「去城市信託公司（Rural Trust Company）和商業貸款與信託公司（Commercial Loan & Trust Company），去找羅伯茲先生（Roberts）和摩根先生（Morgan），他們會給你一些指名由佛德瑞克·洛克（Frederick Rock）或約翰·格林納代理的愛荷華米德蘭鐵路公司委託書。」

洛克是個英俊、安靜的小夥子，擁有完美的頭型和堅毅的下巴，舉手投足都討人喜歡。他習慣直視對方雙眼，但不一定都能傳達出率直的印象，然而，他必能讓對方感受到他的大膽和機敏。他的同事常說，洛克把公餘的時間都用來研究這位華爾街拿破崙的金融操作，他花在這上面的注意力和仔細程度，就像軍校學生研究拿破崙的戰事行動一樣，這倒是真的。

「格林納先生，」洛克問道，「您現在手上握有十一萬股的股票，是吧？」

「呃？」格林納故作天真地嘎聲回答。

「我算了一下，除非您在這間辦公室外另有操作，不然的話，您還需要五萬股才能握有絕對控制權，才能選任您自己的董事會，執行您規劃和基奧卡克北方鐵路有關的方案。」

有這麼一眨眼的時間，這個小個子的男人透露出他對洛克的話很有興趣，又或者，他認為這個職員介入公司事務太深，已經超乎尋常。

「格林納先生，」這個小職員很熱切地說，「我很樂意盡量替您找齊這個數量。」

「是嗎？」他心不在焉，粗嘎地說。

「是的，先生。」洛克回答。

「那，就去辦吧。」格林納先生隨口說，「下星期讓我知道你進展到哪裡了。」

失望的表情爬上洛克的臉龐，格林納因此補充：「當然，如果你成功的話，我會給你好處的。」

「您會怎麼做呢，格林納先生？」小職員直勾勾地看著他問。

「我會給你……」他語帶鼓勵，粗嘎地說，「一萬美元。」

「以這樣的成果來說，這個價格合理嗎，格林納先生？我可能要付出很大的心力。」年輕的職員帶著一點苦澀補充。

「對我來說就只值這麼多，洛克先生，而且我認為這對我比對其他人更有價值。我會替你調薪，從每年一千六百美元漲到兩千美元。這比我在你這個年紀能賺到的錢多很多了，洛克先生。」

「非常好。」洛克平靜的說，「我會盡我所能。」但一離開格林納，他的臉就因為憤怒憤慨而漲紅，「這位金融家想要只花一萬元就買到對他來說價值一千萬的東西！」這名職員已經研究格林納的拿破崙兵法長達兩年，他學到的其中一件事是要有耐心，他會靜靜等待自己的機會到來。終究會來的，他知道。

時勢造英雄。洛克仔細、認真的想過了，還有最重要的是，他很冷靜。他很理性地計畫。他有了一套好計畫，這是唯一可行的計畫，而且不會因為多管閒事的法律體系而遭受挫敗。約翰．格林納先生竟然沒有想到這個辦法，真是奇怪。計畫當中的不擇手段並沒有讓這名職員有所顧忌，他果然繼承了格林納學派的金融家本能。

這名職員一整個星期都在收集殷勤順從的信託公司答應要提供的愛荷華米德蘭鐵路公司委託書。他們加起來有兩萬一千兩百股。另外，洛克個人的遊說利誘和自作主張的承諾，他也從大型券商取得七千一百股，加起來他就有了兩萬八千三百股的委託書。這表示，在即將召開的年會上，格林納先生可以在總數約三十二萬股中拿到十三萬八千九百股的投票權。除非反對派聯合陣線，不然選舉已經確定會「靠向格林納先生這一派」。

這位小個子金融家不時會問洛克他的進展如何，這名職員會告訴他自己正在做的事，以及預期會有哪些成果。他也對格林納先生說，信託公司只給了一萬四千股，而且絕口不提他從關係好的經紀人那裡取得的七千一百股。這麼做會有很大的風險，這麼一來格林納先生就不知道他有多優秀了。這名職員膽子很大。

當洛克確信不管用任何手段再也無法拿到更多格林納的委託書時，他開始攻擊敵人。他面對的難題是，要收集反格林納的投票權，或者說股分。他將自己的計畫付諸實行。這名眼神堅定、下巴堅毅且看來健康健美的職員心中的計畫，和看來狡猾詭詐、前額很高的臉色蒼白小個子男人的計畫，一樣有價值。

「人頭我贏，字你輸，包贏的。」洛克歡欣地對自己咕咕噥噥。

這個年輕人馬上跑去偉德霍普金斯銀行（Weddell, Hopkins & Co.）的辦公室，這裡由一群出色的銀行家組成，也是奮力對抗約翰・格林納和其布陣手法的死對頭。他們知道洛克是一位深受布朗與格林納信任的職員，也因此，他輕易就成功讓偉德先生（Weddell）同意與他見面。

「早安，偉德先生。」

「早安，先生。」銀行家冷淡地說，「我必須說，我有點訝異貴公司會派你過來找我。」

「偉德先生，」他有點太急切，根本不想演了，劈頭就說：「我已經離開布朗和格林納的公司了，他們……」他朝氣蓬勃地補上一句，「在我看來實在太卑鄙了。」

偉德的臉僵住了，他擔心對方要跟他討一份工作。

「是……嗎？」他的聲音剛好搭配臉上的冷淡。

「偉德先生，」年輕的職員直直看著老銀行家的眼睛說，「您和其他老實人一直希望能防止格林納毀了愛荷華米德蘭鐵路公司，現在，偉德先生，」他繼續急切地說下去，這套計畫引發的熱情正在他身體裡滋長，「我很清楚格林納先生所有的計畫和他的資源，我希望您能幫助我對抗他，如果您願意，我們會贏，一定會。」

「你要怎麼做？」老銀行家含糊地問。他不太確定這是不是善變的約翰·格林納耍的某種花招。

「講到格林納先生的話，」年輕的洛克回答，「他還沒辦法控制這家公司，他僅有十一萬零六百股。我看過帳冊，每一股我都知道。」

「我不希望你洩漏雇主的機密，就算他是我的敵人也一樣。我不想再聽了。」他是很老派的銀行家，這就是偉德先生。

「我不會洩露任何機密。他自己說過手上超過十萬股，然後所有記者就逕自下結論，指稱他實際上已經握有能掌握公司的股權。除非您幫助我，不然他就真的能拿到了。我從信託公司和券商拿到了兩萬八千三百股的委託書，我的計畫是，盡力從反格林納和反威勒茲的股東手裡拿到所有委託書，之後，我們可以要求威勒茲先生以白紙黑字承諾，啟動急需的改革，並停止他奢華浪費的政策還有他所費不貲的交通費用。威勒茲為了拯救他自己和鐵路公司免於落入格林納的手裡，他會答應的。但是，偉德先生，我們不能浪費時間。」他在參與的這場賽局帶來的興奮感，像酒精一樣刺激著他。

「你呢？」老銀行家意所有指地問，「你想得到什麼好處？」旁敲側擊是他最後的武器。這個年輕人的計畫，確實是他看到唯一可行的計畫。

「我？偉德先生，有可能的話，在選任董事會之後可以任命我成為公司的助理祕書，這可以證明在管理改革上釋出了善意。我可以監管他們，並代表偉德霍普金斯公司。至於薪水，」他說了，很明顯是演出來的，「一年五千美元就可以了。我現在的薪水只有這個數的一半。」他的年薪實際上是一千六百美元，不過他何苦壓低自己的商業價值呢？

老銀行家來回踱步……

「看在老天的份上啊，先生，我會把我們的委託書給你。」偉德先生終於說出口。

「最好別讓格林納先生起疑。」洛克補上一句。銀行家也認同。

偉德霍普金斯公司持有一萬四千股愛荷華米德蘭鐵路公司的股票，隔天洛克就拿到他們的委託書了。有一家名聲響亮並以反格林納聞名的券商也送來委託書，這些成了洛克的憑證，讓他得以說服很多還在猶豫的張三李四。基本上，他收到紐約市裡所有反格林納人士持有股分的委託書，費城和波士頓的也到手了。

他離開辦公室一整天，並沒有人為此疑心，因為大家都以為他是為了布朗和格林納公司的利益在奔走，連布朗和格林納兩人都這麼想。總之，最後他從格林納的友人和他的對手身上總共收集到六萬一千八百三十股的委託書，這是非常不錯的表現，他覺得很自豪。至於會有什麼結果，他已經仔細權衡過了。

他現在是替佛德瑞克．洛克賣命，不管丟出的銅板是哪一面落地，都是他贏。

格林納把他叫進私人辦公室。

「洛克先生，愛荷華米德蘭公司的委託書現在怎麼樣了？」

「很穩當。」這名職員回答，他的態度有一點大膽。

「有多少？」

洛克抽出一張紙，但其實上面的數字他早就了然於胸。他用一種努力想要表現冷靜沉著的語氣說道：「我有六萬一千八百三十股。」

「什麼？什麼？」這位華爾街的拿破崙聲音裡有太多的震驚。

洛克直直盯著格林納狡獪的棕眼。「我說，」他重複，「我有六萬一千八百三十股的委託書。」

格林納想起他答應過的事了。「恭喜你，洛克先生，你履行了你的承諾，你也會看到我履行我的承諾。」他用平常的粗嘎聲音說。

「就像其他時候一樣，我們最好現在把事情弄清楚。」洛克的眼神從來沒有離開過這位偉大的鐵路公司破壞者蒼白的臉龐，他知道自己現在已是破釜沉舟，沒有退路了。他正在為自己的未來、為自己夢想中的富裕成功而奮鬥。而他正在對抗的，是巨人中的巨人。這位職員心裡想的就是這些，這些的想法穩穩撐住他。他自信沉著、能判斷局面。培育在他心中的拿破崙心法有如一朵含苞待放的蓓蕾，即將盛放。

「你這是什麼意思？」格林納用天真的語氣吱嘎吱嘎地說。

布朗先生進來了。他出現的時間剛剛好，正好聽到這位小職員說：「大家都知道，您有十一萬股愛荷華米德蘭公司的股票，威勒茲和他那一群人手上握有的也差不多是這個數目。」

「說下去。」臉色蒼白的小個子男人說。他的前額因為流汗而濕了（很細微的薄汗），但他的臉上仍然毫無表情。男人的眼神已經不那麼狡獪了。原來是這麼一回事。他定定地看著這名年輕職員，他懂了。

「嗯，有些委託書是委託給佛德瑞克．洛克，有些是約翰．格林納，但大部分都只列了我一個人的名字。我可以隨我高興投票。不管我支持哪一邊，都會變成絕對多數。格林納先生，我可以提名董事，從而推舉愛荷華米德蘭公司的總裁，您阻止不了我，您動不了我一根汗毛，您拿我一點……辦法都沒有！」他大膽地說完。說這種話就太不必要、太不經修飾了，但是，年輕嘛！人要靠時間才能克服這個缺點！

「你這狠毒的惡棍！」布朗先生大聲咆哮。他的脖子又粗又短，怒氣讓他的臉色轉成深紫色。

「是我拿到大部分的委託書，」洛克繼續說，他的聲調裡有一點自衛的意思，「我向偉德霍普金斯公司和他們的盟友保證，我會反對格林納先生。」他停了下來。

「繼續說，洛克先生，」格林納先生又吱嘎作聲了，「不要怕把話講出來。」這位留著黑鬍子、有個高額頭的蒼白小個子不僅具備金融天分，也極具膽識。他的粗嘎聲音不太協調，也因為這樣讓他有了點人味。

「您提議給我一萬美元現金和兩千美元的年薪。」

「對。」格林納先生溫順地承認。「你想要多少？」他看起來更狡獪了。他的心裡放下了一副重擔。洛克感受到了，於是他更加大膽。

「偉德霍普金斯公司和他們的盟友要我支持威勒茲，威勒茲先生答應進行重大改革，我的報酬是助理祕書，總部在紐約，年薪五千美元，完全代表偉德霍普金斯公司。」

「這樣的條件我也做得到，我再給你兩萬美元現金。」格林納先生平靜地說。

「不，我想要進紐約證交所，我希望您替我買一個席位，我也希望您把一些生意交給我。我還希望您借我五萬美元，我會用我的名字立借據。」

「還有嗎？」

「格林納先生，您知道我的能耐，我也知道能完全控制愛荷華米德蘭鐵路公司對您來說很重要，不管是和基奧卡克北方鐵路公司整合還是一方租下另一方，對雙方來說都是很有意義，對您來說也是。我希望成為您的經紀人，我將會忠誠地為您服務，格林納先生。」

「洛克，」格林納先生吱嘎吱嘎，「我們握個手吧。我懂你對此有何感受。我會買個席位給你，並盡量把所有業務都交給你，而且會借你十萬美元，不用借據。我想現在我懂你了。你要的席位我會盡快買給你，未來，我的利益也就是你的利益。」

「我已經做好所有必要的安排，您一聲令下我就能買席位。」洛克很冷靜地說，但他的心因為勝利帶來的大喜悅而狂跳。「這需要兩萬三千美元。」

「叫辛普森先生從我個人的戶頭裡開一張兩萬五千美元的支票。」這位華爾街的拿破崙誠心誠意地尖聲喊道。

「非常感……感謝您，格林納先生。」大膽的職員有點結巴了。「委託書……」

「喔，不要緊。」約翰．葛林納先生插嘴，「你和我們一起去一趟愛荷華州的首府狄蒙（Des Moines），現在你是我們自己人了。我想要你這種人才很久了，但是啊，洛克，現在的年輕人要不就是賭徒，要不就是傻瓜。」他最後用悲哀的吱嘎吱嘎聲音補上一句。

一星期後，格林納先生被選任為愛荷華米德蘭鐵路公司的總裁，洛克先生則被選任為紐約股票交易所的會員。

第 6 章

錯失良機

THE LOST OPPORTUNITY

這是勇敢的一擊，
他靠的是股票經紀人對專業的尊重。

這幾年來，丹尼爾・迪坦霍佛（Daniel Dittenhoeffer）一直想毀了約翰・格林納。華爾街的人叫迪坦霍佛「荷蘭人丹恩」，他是一個魁梧的人，有著一頭閃亮的金髮，鼻子紅通通，聲音很大。格林納則是一臉蒼白，皮膚黝黑，有著一頭黑髮，講起話來粗粗嘎嘎，一雙棕色的眼睛看起來很狡獪，額頭高高隆起。迪坦霍佛湛藍的眼神坦率直白，還有著得獎拳擊手的好鬥下巴和粗壯頸子。他們兩人都是紐約證交所的會員，但自從一位吃過虧的受害者揪著格林納的領子拉起他整個人、然後把他丟進四、五公尺外的交易所廣場（Exchange Place）地下煤窖，就再也沒有人在「交易大廳」裡見過他了。他曾以毀了鐵路系統，作為開始吃進鐵路股的布局手段，就像是大蟒蛇會把受害者壓得軟爛以助吞嚥一樣。這件事多年來都沒有平息，讓他神經緊張、精神衰弱。

丹恩每天十點到下午三點都會在證交所，晚上從十點到三點則會在輪盤賭桌或是紙牌桌上。他就像搖擺不定的海洋那般洶湧不止息，還飽受長期失眠之苦，他必須滿足自己天生對於強烈刺激的渴望，然而他又痛恨戒酒引發的瞻妄症狀，因此他大量飲用名叫賭博的這種酒，這種酒安撫神經的功效和最上等的威士忌一樣好。他會一下子買賣五萬股，也會一下子花五萬美元賭一輪紙牌。有一次，他拿出一大筆賭金，賭賭看停在桌上的兩隻蒼蠅中哪一隻會先飛走。格林納則認為交易所是達成目的的手段。雖然他大量買賣股票，但在內心深處，他從不覺得炒作股票有什麼好得意的。迪坦霍佛認為，股市是最終仲裁的法院，不管金融家做空還是做多，做對了，可以得到報償，做錯了，金錢的蠻力就會掃走他們的報酬。這兩人在生理上和氣質上的差異，自然會反映到他們在市場上的操作：一個是馬基維利（Machiavelli），一個是獅心王理查（Richard Cœur-de-Lion）。

沒有知道格林納和迪坦霍佛一開始怎麼會結下樑子。「鐵路股的小拿破崙」對於老是插手他在股市裡各式各樣交易的荷蘭人丹恩，懷著某種被動的惡意。丹恩倒是非常痛恨格林納，究其原因，大概就像老鷹痛恨蛇一樣吧：這是一種因為完全非我族類而引發的本能憎恨。

想要「弄垮」格林納的人前仆後繼，但他們動越多手腳，他就越富有，他的財富成長和他們的身家縮水剛好成比例。亞利桑那的山姆．夏普帶著一千兩百萬美元過來，挑明了要讓軟弱無能的東岸人看看如何毀了「格林納這幫金融臭鼬」。這隻金融臭鼬沒學到什麼新鮮的教訓，但我們大可猜想一下，他替夏普上了昂貴的一課，將近一年時間裡讓後者每個月都要付出五十萬美元。當夏普更理解這樣的賽局（也更了解格林納）之後，他和迪坦霍佛連成一氣，聯手攻擊格林納。他們是技術高超的股票作手，非常有錢，完全不擔心財務，而且兩人都很討厭格林納。換成比較美好的時代，他們兩人會把這位小拿破崙大卸八塊，把他的心臟拿去烤一烤，然後放在盤子裡讓赴宴的人都嘗一嘗。但在黯淡無聊的十九世紀，他們只能靠掠奪他沾著斑斑眼淚的財富聊以安慰。為達成目的，這兩人笑容滿面帶著身家（約有七、八百萬美元）整合在一起，然後開火攻擊。他們把加起來的財富分成十份當成砲彈，一次一次攻擊這個講起話來吱嘎吱嘎、額頭很高的小個子男人。小個子男人躲掉了第一發、第二發和第三發，但第四發打斷了他的腿，第五發打得他吸不到氣、元氣大傷。華爾街一片歡聲雷動，並展現他們對於彈藥火力的信心，放空格林納持有的股票。然而，第六發還沒有打出來，格林納就找來老威爾博．魏斯（Wilbur Wise）請他幫忙，後者有著一顆小氣無比的吝嗇鬼之心，還擁有三千萬美元現金。他們用政府公債築起一座高聳的保護城堡，圍住了疲憊的拿破崙，那兩位金融砲手也因此停火，不再浪費寶貴的彈藥。他們很清楚，新建好的防禦工事堅不可摧，因此他們願意收起攻擊，並收下格林納急著尋求庇護時丟出來的一、兩檔鐵路股。之後，夏普去了英國，在德比（Derby）賽馬場上贏得勝利，迪坦霍佛則去了海濱城市朗布蘭奇（Long Branch），玩起籌碼不設限的紙牌遊戲自娛，大概有一整個月他平均每個晚上都要花掉一萬美元。

在小拿破崙和荷蘭人丹恩之間的最後駁火之後，華爾街平靜了一陣子，但幾個月之後戰火再起。格林納有意想「做多」股票，尤其是最得他寵愛的聯邦電報公司（Federal Telegraph Company）。丹恩則是要證明沒有必要急著跳進

「牛市」或是上漲的行情，每次格林納試著拉高股價時，他就「賣空」股票。格林納試著炒作四次，迪坦霍佛就連著四次都賣幾千股給他，剛好足以壓下漲勢。股價要拉抬到一定地步，股市作手才算是成功。操作手法或許涉及多種巧妙又複雜的行動和設計，但最根本的事實是，要炒出多頭行情，買進的量要超過其他人可以或願意賣出的量，格林納很願意買，但丹恩更願意賣。

格林納陷入嚴重的困境。他已經對許多重要的企業許下承諾了，要實現諾言，他需要現金，銀行憂心股市可能變盤，不願意借給他足夠的資金。此外，當銀行拒絕借錢給格林納，會迫使他拋出一大部分的持股，銀行董事也樂得撿便宜。格林納的毀壞鐵路系統計謀剝削了無數的孤兒寡婦，放款人不借錢是幫這些人報仇，這是一種善行。他們的心裡無疑是這麼想的。

獲得格林納最高承諾金額的聯邦電報公司，股價一直慢慢在下沉。荷蘭人丹恩前幾季在股市裡很成功，他決定「要徹底擊敗聯邦電報公司」。他冷靜地進行，就像賭紙牌時一樣，有系統、不停手、壓低股價地賣出。價格隨之下挫。在華爾街已經好幾季都無法成事的格林納，判定這時候就該有所行動以自救了。他僅需要五百萬美元，緊要關頭三百萬也行，或者，這個時候，甚至兩百五十萬也可以。但他必須立刻拿到這些錢，拖延代表了危險，危險代表了迪坦霍佛，而迪坦霍佛代表了死路一條。

忽然之間，沒來由且沒有人帶頭，華爾街裡居然開始流傳格林納陷入困境的謠言。金融禿鷹衝進銀行，和銀行總裁見面。他們不問問題，因為不想聽到謊言，他們自顧自地開口說，說得好像他們知道事實一樣：「格林納陷入困境了。」

各家的銀行總裁笑了，他們很寬容且幾乎算是有同情心地說：「喔，您也聽說了，是嗎？六個星期前我們就知道了。」

這群金融禿鷹奔回證券交易所，賣掉格林納也持有的股票，他們不賣聯邦電報公司，因為這真的是一項好資產，他們賣的是他重組後的鐵路公司，這些公司最近才再度復甦，實力還沒完全壯大。價格不斷下跌，耳語倒是滿天高飛：「迪坦霍佛終於鬥倒了格林納！」

上千名經紀人衝去找他們親愛的朋友丹恩要恭喜他，說他是征服拿破崙的人，是當代的英雄，是未來豐沛佣金的出鈔機，但是他們找不到親愛的丹恩。他不在交易所的「交易大廳」，也不在他的辦公室裡。

在經紀人想到要來恭喜迪坦霍佛之前，有一個人先來找他了，此人是有史以來最偉大的賭徒，甚至比荷蘭人丹恩還了不起，這是一位有著狡獪的棕色眼睛與粗嘎聲音的小個子男人，也擁有漂亮的額頭，他就是約翰·格林納先生。

「迪坦霍佛先生，我來是要請問您一個問題。」他冷靜地吱嘎吱嘎說。在他身邊的是一部吵嚷不休的報價機。

「沒問題，格林納先生。」迪坦霍佛馬上想到的是對方要謙卑地要求他「高抬貴手」，他幾乎想好了要如何狠狠地拒絕他，每一個字他都想好了。

「您能否替我做一張單？」

「沒問題，格林納先生。我會做任何人的單，我是股票經紀人。」

「很好，請替我賣五萬股聯邦電報公司的股票。」

「賣價多少？」他憑著養成的習慣草草寫下數字，心思早已經癱瘓無法動彈了。

「盡您所能。這檔股票，」他瞄了一眼報價條，「現在是九一美元。」

「很好。」

這兩人瞪視著彼此，荷蘭人丹恩有點半威嚇，格林納很冷靜、穩定，他狡獪的眼神看起來幾乎要讓人覺得很真誠了。

「祝您早晨愉快。」迪坦霍佛最後道了別，小個子男人高聳的額頭點了點，告退了。

迪坦霍佛很快衝回交易所，他在門口遇見合夥人史密斯（Bill Smith），後者是迪坦霍佛聯合公司（D. Dittenhoeffer & Co）裡的那個「聯合」。

「比爾，我接到格林納的單，他要我賣五萬股聯邦電報公司的股票。」

「什……什麼？」史密斯倒抽了一口氣。

「格林納來找我，問我能不能接他的單，我說好，他叫我賣五萬股聯邦電報的股票，而我……」

「你逮到他了，丹恩，你逮到他了。」他很興奮。

「我要用這筆單的前半回補我的兩萬股空單，然後盡我所能把其他賣掉。」

「老兄，清醒一點，這可是你的機會！你看不出來你逮到他了嗎？東方國家銀行（Eastern National Bank）的史麥利（Smilie）告訴我，整個紐約市沒有一家銀行要借錢給格林納，他非常需要錢，他要付一筆一千萬美元的尾款給印度太平洋公司（Indian Pacific）的債券持有人，他貪心不足蛇吞象了，要命！」

「好了，比爾，我們得用對待其他客戶一樣的態度對待格林納。」迪坦霍佛說。

「但……」史密斯開口了，他毫不掩飾自己的訝異。他是一個誠實的人，前提是遠離華爾街的時候。

笑。
「喔，我會逮到他的。這也救不了他。我會逮到他的。」他露出自信的微

他很容易就可以占便宜，利用格林納的單大賺一筆。他賣空兩萬股，他放空的平均價格為九三美元。他也大可接下五萬股的單，然後全部丟到市場上。就算是績優股，都擋不住如此可怕的一擊，聯邦電報公司的股價無疑會跌十五元甚至更多，他很輕鬆就能用七五美元、甚至七〇美元回補他的空單，這代表了五十萬美元的獲利，而他的死對頭格林納也會少賺一百萬，他可需要這筆錢了。如果他讓合夥人非常機密地對一些朋友散布消息，說丹恩要替格林納賣掉一大批聯邦電報公司的股票，「交易大廳」將會瘋掉，大家都會快速拋售，價格會跌得更深，讓小個子拿破崙跛腳得更厲害，很可能再無希望東山再起。格林納會犯下他這一生最嚴重的錯誤，把單下給敵人嗎？

丹恩去聯邦電報公司的交易櫃位，那裡已經有幾十個瘋狂的人以最大的聲

音喊著他們就不同股數願意支付的買價或賣出價。丹恩把單交給二十位經紀人，每個人以能成交的最高價賣出一千股，他自己則透過另一邊的交易對手買進相同的股數。隔天，他賣了兩萬股格林納下的單，第三天賣出了最後的一萬股。華爾街認為，他這次賣出是替自己的帳戶操作，全部都是做空，這也就是說，同業認為，他賣的是他手上並沒有的股票，因為他相信之後可以用比較便宜的價格回補。這種賣出的操作不會壓低「看多持有」股票的價格，因為空頭賣方顯然早晚都要買回股票，確保了未來的需求，這應該有助於拉抬股價，因為：

他賣出他自己並未擁有的股票，
他必得買回，不然就等著坐牢。

迪坦霍佛以均價八六美元賣掉格林納五萬股的聯邦電報公司股票，華爾街都認為（很多人大搖其頭），丹恩太不小心了，格林納這個小個子是很狡猾的怪胎，做空的利潤一定很高，但是被「軋空」的危險更是大到不得了。因此，他們很克制不加入「狙殺」聯邦電報公司的行列。確實，很多機敏的交易員認為，這檔股票看起來很弱，其實是這個詭計多端的小拿破崙設下的陷阱，他們偏要「愚弄」他，故意大買聯邦電報公司的股票。

格林納賣掉一大批的股票，拿到四百三十萬美元，這麼一來就解決了其他的問題，實現了所有計畫。這是勇敢的一擊，靠的是股票經紀人對專業的尊重。這讓他成為一套偉大鐵路系統的業主。荷蘭人丹恩之後的攻擊完全不造成任何損傷，格林納創造了機會，迪坦霍佛則錯失了良機。

第 7 章

成者為王，敗者為寇

PIKE'S PEAK OR BUST

世界上任何事都會結束，
就連多頭牛市和空頭熊市也不例外。

一

他去應徵崔西米德頓銀行與券商公司（Tracy & Middleton, Bankers and Brokers）的職缺時，只有十七歲。他有著一頭細緻的金髮和紅潤的臉頰，名叫威利斯・黑瓦德（Willis N. Hayward）。當他從二十位「應徵者」中脫穎而出、被公司錄取為接線生時，他真的很得意。

從早上十點到下午三點，他都守在交易大廳裡崔西米德頓公司專用的電話亭，接收辦公室的訊息（主要是替客戶買賣股票的單），並把這訊息傳給公司的「證交所會員」米德頓先生（Middleton），也要將米德頓先生的成交報告轉回辦公室。他說話聲音溫柔、優雅，藍色的雙眼真誠地對著在這一排電話亭裡工作的接線生微笑，於是他們說「這條巷子裡有位莎莉小姐」[1]，並馬上替

1 一九三〇年代英國一部著名愛情文藝電影片名叫《我們這條巷子裡的莎莉》（*Sally in Our Alley*）。

他取了個綽號叫莎莉。

對於剛剛從寄宿學校畢業沒幾個月的年輕人黑瓦德來說，這一切真的太棒了。他看到一臉憂慮的人激動地到處衝來衝去，瘋狂揮舞著雙手，經紀人會在不同的「交易櫃位」執行買賣單時瘋狂大叫，當他們草草寫下買賣股票的成交價時，會忽然陷入半瘋狂半清醒的狀態。他並不理解他們如何做生意，這也不讓人意外。然而，最讓他銘記在心的是，他的同事堅稱，這一群喧鬧吵嚷、肢體語言豐富的經紀人其實賺很多錢。他聽說山姆・夏普在城郊電車公司的股票上就賺了十萬美元，「牧師」・布萊克（"Parson" Black）搶進西方德拉瓦公司（Western Delaware）賺了百萬美元，也是很有名的故事，有人指給他看這個矮小的灰髮男子，以茲證明。但他也聽過阿拉丁與神燈、巨人殺手傑克等童話故事。

他靠著自己消化吸收學習這一行，幾乎在華爾街的每一個男孩都必須做到這一點。如果他提了問題，會有人回答，但不會有人自願提供任何資訊導引他，為了自保，他被迫密切觀察，看看別人怎麼做，並留意後來的發展。而他聽到的就是：「投機！投機！」這句話可能會用不同的用詞掩飾，但很多字眼表達的都是相同的意義。說起來就是買賣一件事而已，大家都抱持一心一意且幾乎明顯可見的期望，想要在轉眼間大賺一筆。交易所裡沒有人會講其他事。知心好友如果在營業前相遇了，彼此不會互道早安，反而是開門見山切入世界上僅存的一件事——投機。如果有誰晚到了，一定是劈頭就問，「市場如何？」他們會急切又焦慮地提問，彷彿害怕市場趁著他們人不在的時候胡作非為，占他們的便宜。市場裡的氣氛總是叫人喘不過氣來，因為到處都有教你買進或賣出各種證券或「垃圾」的「明牌」。股票經紀人、顧客、職員、交易所的警衛，華爾街裡每個人都會讀早報，為的不是確認新聞，而是要從中挑出對於股價會有、應該或者可能造成一些影響的消息。這裡除了報價機之外沒有別的神，股票經紀人就是報價機神的使者！

莎莉身邊的幾百個人，全都看起來是會把公事帶回家、吃飯時想著、睡覺時想著、作夢時想著的人，這副模樣已經牢牢烙印，永遠都不會改變了。這些人眼角唇邊顯露出來的，可不是一副討喜的模樣。莎莉到處都看到這場「賽局」造成的狂熱。這個地方的氣氛不知不覺影響了他，他的想法逐漸改變，引發了一些幻想。越來越熟悉這一行的技巧之後，就像成千上萬年輕、膚淺的旁觀者一樣，他也越發相信，只有俄羅斯輪盤上小白球的迴旋，才足以和股市的動態相提並論。對他來說，這一行數不盡的花招、內線人士故意放出錯誤消息的手法，以及股市操盤的「基本理據」，就好像是一本被封起來等著他去讀的書。他聽說，隔壁那個十八歲的鄰居星期四買了二十股藍帶鐵路線公司（Blue Belt Line）的股票，星期六時賣掉，每股漲了三．三七五美元，賺了六十美元；或者是史都華史坦公司（Stuart & Stern）的接線生米奇．威爾許（Micky Welch），遇到一名場內的大交易員報明牌給他，於是他大膽「下場去賭」（就像賭賽馬或賭紅黑紙牌一樣），不到一星期就淨賺了一百二十五美元；還有「兩美元」股票經紀人[2]瓦森（Watson），他放空南方海岸公司（Southern

Shore）而迎來了一個「華麗大翻身」。莎莉還聽說（說的人不時插話，指天指地發重誓保證是真的），新街上一名警衛查理・米勒（Charlie Miller）無意間偷聽到山姆・夏普的主要經紀人亞契・卻斯（Archie Chase）對朋友說，「老傢伙」說「賓州中央」很快就會再漲十元，於是他跟著買進這檔股票，後來卻虧了兩百三十美元，因為到頭來股價掉了七美元。這個男孩總是聽到顯然不負責任的「大起」與「大落」，剛好猜對的人怎麼樣大賺，無法「預知行情」的人又虧了多少。股市裡的行話，都有賭場專用術語的味道。

隨著時間過去，這場賽局光鮮亮麗的那一面也漸漸消失，就像他的躊躇與顧慮一樣。他的雇主和他們的客戶（全是溫文儒雅好相處的人）每天都在投機，沒有人認為他們何錯之有。投機不是一種罪愆，不過就是慣常的生意。因此，每當有什麼「好消息」出現，他就會「丟」一美元到接線生的集資箱裡，

2 兩美元股票經紀人（two-dollar broker），這是指不隸屬於任何公司的獨立經紀人，他們收取的費用是兩美元，故而得稱。

他們會拿這筆錢去新街的空殼券商操作炒股，一美元最多可以買十股。他的資金很少，一個星期的薪水僅有八美元，他常常在想，如果他有多一點錢就好了，那他就可以放大投機操作的規模，獲利也會跟著提高。他算了一下，如果每一次他不是買一股、而是能買二十股，三個月內他就至少可以賺到四百美元。

當一個男孩開始這樣思考時，也代表時機已經成熟到可以去做其他事了。他對於投機這事沒半點良心不安，他的糾結不在於「投機是錯的嗎？」反而是「我要怎樣才能籌得資金從事保證金操作？」他花了四個月，心理上才跨入這個階段，而對很多接線生來說，他們只花三個星期內就自問了這個問題，並且心滿意足地解決了。黑瓦德真是一個很乖的好孩子。

接線生的職位非常重要，需要機智機敏而且值得信任的人，才能做好這份工作。接線生會第一個知道自家公司買賣什麼股票。還有，當接線生接到下單時，萬一公司的交易所會員剛好不在，接線生在分單時還必須要有判斷力做不同的處置。比方說吧，假設國際管線公司（International Pipe）的股價目前是一〇八美元。崔西米德頓公司有人之前以每股一〇四美元買進了五百股，現在想要「獲利了結」。他下單給公司要賣股，假設指令是「以市價賣出」，這指的是以當下的市場成交價格賣。崔西米德頓公司會用專線打電話到交易所給公司的交易所會員，指示「以市價賣出五百股國際管線公司股票」，接線生接到訊息，就會「掛上」米德頓先生的號碼，這是指，在交易所靠新街這面牆上掛著的五顏六色方格飾板上，會以電子裝置顯示米德頓先生的代號「六一一」。米德頓先生一看到自己的號碼「掛上來」，就會趕快衝去電話亭確認客戶想要怎麼樣，萬一米德頓先生延遲回應，接線生就知道他人不在，就會把下單交給「兩美元經紀人」，比方說布朗寧先生（Browning）或瓦森先生，這些人永遠都在電話亭附近徘徊，想辦法接單。如果他知道米德頓先生正在忙著做別的單，或者，如果他判斷眼前的單必須馬上執行，他就會這麼做。這些「兩美元」股票經紀人把五百股國際管線公司的股票賣給艾倫史密斯公司（Allen & Smith），並在交易中揭露「崔西米德頓公司」，這是說，經紀人告知買方他是代替崔西米德頓公司執行交易，艾倫史密斯公司要去找後面這家公司（也就是真正的賣方）交割這些股票。崔西米德頓公司雇用獨立經紀人提供這項服務，這些經紀人的報酬是每一百股獲取兩美元，而崔西米德頓當然還是向客戶收取標準的手續費每股〇．一二五美元，換算下來就是每一百股收取十二．五美元。

年輕的黑瓦德很仔細處理業務，崔西米德頓的收佣經紀業務做得很大，當米德頓先生不在交易大廳或忙其他事時，他會把公司打電話進來敲的買賣單公平地分給「兩美元」經紀人。這個小夥子長得好看，工作又做得好，這就是黑瓦德，他的面容清爽，為人客氣又可親。股票經紀人都喜歡他，聖誕節時也都會「記得」他。喬伊．雅各布斯（"Joe" Jacobs）是最惦記他的人，他給了黑瓦德二十五美元，暗示著他希望能比現在接更多崔西米德頓公司的業務。

「但是，」綽號莎莉的他回答，「公司說我要把單下給第一個我找到的經紀人。」

「這個嘛，」雅各布斯油嘴滑舌地說，「如果你願意麻煩一點來找我，我絕對不會忙到沒辦法接你這種好青年的單，我會給你好處的，聽好了，」他低聲說，「如果你給我很多生意，我每個星期給你五美元。」然後他就加入勾森天然氣公司交易櫃位周圍大聲喊叫的群眾了。

黑瓦德最初很衝動地想向公司舉報，因為他隱約感覺到，如果雅各布斯不是期待有什麼不光彩的好處，他才不會每個星期給他五美元。然而，快要收市時，他對麥杜夫威金森公司（MacDuff & Wilkinson）的接線生威利·辛普森（Willie Simpson）講起這件事。這家公司的電話亭剛好就在崔西米德頓公司的旁邊。威利很明確地對雅各布斯的所作所為大表不滿。

「他就是個老卑鄙。」威利說，「一星期五美元。他一星期從你公司賺到了一百美元。莎莉，你不要接受。怎麼說呢，之前坐你這個位置的吉姆·布爾（Jim Burr），每星期收老傢伙格蘭特（Grant）二十美元，每個月收沃爾夫（Wolff）五十美元。你要弄清楚，只要知道這是怎麼運作的就好。為什麼這麼說呢？他們每一百股應該要分你五十美分才對。」威利做這一行已經兩年了，這個年輕人很會打扮，真的。莎莉現在終於知道他怎麼有辦法一個星期賺十二美元，但整個人看起來光彩亮麗。

那天他什麼也沒對公司說，之後也沒有。他也沒有給雅各布斯任何回應，但是根據威利睿智的建議，他自動自發，所有單子都不分給油腔滑調的雅各布斯了，結果後者動氣了，跑來抗議。莎莉這一個星期在威利的教導之下學了很多，他簡慢地回答：「生意不好，公司也幾乎沒接到什麼單。」

「但瓦森告訴我，」雅各布斯怒氣沖沖地說，「他替崔西米德頓做了很多單。我要你搞清楚，我要拿到我的份，不然我就會去找米德頓先生聊一聊，看看問題在哪裡？」

「是嗎？」莎莉冷靜地說，「你或許也可以告訴米德頓先生，說你提議一星期要給我五美元，換取能做到很多我們公司的生意。」

證交所最嚴格的其中一條法條，規定的就是「拆分」佣金的相關行為。任何成員若為了增加業務量而對外部人士或其他會員收取少於買賣證券的法定佣金金額，都要受到重懲。「兩美元」獨立經紀人提議每接到一百股的訂單要付給接線生五十美分，顯然就違反了這條規定。

雅各布斯馬上切入主題，「我出八美元。」他想要爭取對方的配合。

「之前坐這個位置的吉姆．布爾，」莎莉憤慨地爭辯，「他告訴我，他一星期向格蘭特先生收二十五美元，如果格蘭特先生運氣特別好，不時還會多給他十美元，更別說其他人給他的獎賞了。」

三個月之前，就算攸關生活，他也講不出這番話。他的人格快速變化，完全是因為他身邊「具壓迫性」力道的氣氛所致。

「你一定瘋了，」雅各布斯氣壞了，「為什麼這麼說呢？因為我一個星期能做到崔西米德頓的單也不過一千股，通常還不到。說真的，你應該來交易大廳。當接線生真的太浪費你的才華了，真的。我們來換個位置，你跟我換。」

「從我們公司的帳冊來看，」在威利．辛普森悉心指導之下，莎莉對這位發怒的經紀人說：「上個星期你替我們做了三千八百股，賺了七十六美元。」

「那個星期生意特別好。我出十美元。」雅各布斯說。

「二十五。」莎莉低聲但堅決地說。

「不然我們各退一步，」雅各布斯憤怒地咕噥，「我一個星期給你十五美元，但你一星期一定要讓我至少做到兩千五百股。」

「好，我會盡我所能幫你忙，雅各布斯先生。」

他說到做到，因為其他經紀人每一百股只給他二十五美分，或者最多五十美分。短短一、兩個月內，莎莉每個星期就可以收到四十美元，而他也不過才十八歲。

二

時光飛逝。前輩經歷過的事，現在也輪到了莎莉。他開始投機操作，一開始很瘋狂，之後逐漸懂得收斂謹慎。他遭遇了各種逆境，但確實也有幾次很幸運的時候，他「在賽局中遙遙領先」一大段，他的存款，遠高於任何辛苦工作的白領員工五年內能存到的錢，比很多勤奮的黑手技工一輩子能存的錢都多。他從空殼證券商轉向了整合交易所，之後，他請雅各布斯和其他「兩美元」經紀人幫他做小額交易，他們出於個人對莎莉的好感幫了他的忙，後來他開了三個帳戶，同一檔股票可以「調度」好幾百股。他就像華爾街的每個人一樣，受到同樣的衝動影響，被同樣的情緒刺激，經歷相同的情緒，對於他們樂於稱之為「生意」的領域有著相同的看法和觀點。

最後，莎莉長久以來擔心的壞事發生了：他「獲得拔擢」成為崔西米德頓公司的職員。公司的用意是要獎勵他全心投入工作，以及他的聰明才智和行動迅速。他們替他加薪，從一星期十五美元加到二十五美元，他們認為這已經是很慷慨的增幅了，以他這麼年輕來說尤其如此，三年前他剛進公司時週薪只有八美元。他現在才二十歲。但莎莉清楚這代表他要放棄身為接線生豐厚的外快，因此對於自己不應承受的命運感到惋惜而嘆氣。

他帶著自己的存款去找崔西先生（Tracy），並編了一個有趣的故事，說有一位富有的姑媽留了遺產給他，請崔西先生讓他在公司開一個帳戶。崔西先生不疑有他，欣然恭喜這位年輕的職員，收下他的六千五百美元。自此之後，莎莉既是崔西米德頓公司的員工，也是客戶。

雖然崔西先生非常熱衷於激烈的操作也很愛收佣金，但他還是想辦法抑制年輕的莎莉想要「跳進去」的傾向，這算是一位股票經紀人拿得出來的最大善意了。但這筆錢「實在來得太容易」。這也就是為什麼股市賭徒贏來的財富會因為明顯的魯莽或愚蠢而虧光。莎莉的投機操作有賺有賠，他賺到的錢最多能累積到一萬美元，但之後又縮水到只剩六千美元。除了成為頑強的賭徒之外，他還累積到很多寶貴的經驗，他研究帳簿從中學到這一行的訣竅，之後開始在接待客戶的大廳進進出出，接下客戶的單，並逗他們開心，說一些目前的消息給他們聽聽，低聲報「明牌」讓客戶眼睛一亮，並且「把他們加入」公司各式各樣的「交易」當中，看著他們經常性地進進出出，也代表他替公司賺進了佣金。他和崔西米德頓公司的客戶相當友好，甚至十分相熟，在這些人當中包括一些很富有的人。股票經紀人的辦公室可是一個誰都可以過來的民主之地。這些人有千千萬萬個理由，連作夢也不會想把華爾街的熟人帶回家或帶進俱樂部，但他們卻會以彼此的名字親切相稱，而不是客氣稱姓。

莎莉真的是一個聰明可親的人，非常樂於助人（公司付他薪水就是為了要他這麼做），他也善用了大多數的機會。客戶越來越喜歡他，喜歡到不得了，而且在思考時會尊重他對於整個市場的判斷。有一天，公司其中一位最有錢、最大膽的客戶巴席爾・索頓（W. Basil Thornton）抱怨，他說大型券商收的佣金很高很傷本，影響所及讓他很難「贏得賽局」。

莎莉開著玩笑、但希望對方認真看待他的建議，他說：「您可以加入紐約證交所，或者替我買個會員席位，我們來成立一家索頓＆黑瓦德公司（Thornton & Hayward）。上校，想想吧，我們可以做您的交易，您介紹一些朋友，我也帶一些客戶進來，我想，很多人……」他指的是崔西米德頓的客戶，「都會靠過來我們這邊。他們很重視……」他很圓滑地說，「您對於市場的看法。」

索頓對這個構想的印象很好，莎莉也看得出來。從那個時候開始，他就非常努力要贏得這位上校的信任。就是他給了索頓一些暗示，讓後者知道崔西米德頓公司的現況，最後導致索頓從這家公司抽走自己的帳戶，莎莉也跟著照辦。這麼做破壞了信任也違反商業道德，但兩個月後，崔西米德頓公司倒閉時，索頓非常感謝他，因為在這種情況下不僅無法獲得信用貸款，還會被整個華爾街討論到鉅細靡遺。他表達感激的方式，是幫莎莉的一萬一千五百美元湊到整數，讓威利斯．黑瓦德成為紐約證交所的會員。不久之後，他們就創立了索頓&黑瓦德銀行與券商公司（Thornton & Hayward, Bankers and Brokers），在二十五歲這一年，莎莉成為老練的華爾街人士。

三

新公司一開始運作就很順利。索頓上校和兩三個朋友跟著他從崔西米德頓公司跳過來，他們都是「豪賭型」的人，資本很雄厚，這已經足以讓黑瓦德在交易所忙到不可開交，此外，公司陸陸續續也有新客戶加入。如果他能滿足於這樣的開始，並花時間好好耕耘以待開花結果，他會過得很好。但他開始自己從事投機操作，所有聲譽卓著的經紀人都會用輕重不一的強調語氣告誡，這麼做不僅會「綁住」公司的資金，而且沒有人可以交易（投機）自己的帳戶，同時又公平地為客戶操盤。

索頓很富有，非常嚴密地保護自己的投機事業。他注意到年輕合夥人的賭性不斷膨脹，因此拿出一種仁慈、父執輩的態度勸戒後者。

莎莉發誓他會停手。

然而，不到三個月他已經毀約兩次，某一次在操作阿拉巴馬煤礦公司的股票時不太順利，甚至造成嚴重威脅，讓公司很難堪。

索頓上校只好出手相救。

發自內心的真實恐懼讓莎莉變得謹慎小心，他保證不會再犯了。

恐懼猶存，但影響有限，記憶同樣很短命。太過膽怯或太愛回想過去的人，在華爾街沒有立足之地。他還沒當紐約證交所會員時就開始賭了。莎莉曾對一位客戶說，如果說投機是一種犯罪，一百件明目張膽的操作中有五十件會被定罪，全美有一半的男性必定會組成監獄護衛隊，永遠盡心盡力照看被定罪的另一半。

到了這時，索頓&黑瓦德公司的交易所成員威利斯．黑瓦德，已非當日崔西米德頓公司的可愛小接線生莎莉了。他的雙頰不再紅潤，如今滿面駁雜。他的眼神不再清亮率直，而是變得游移不定，還有一點淡漠。他進華爾街已經有十年八年了，每天從早上十點到下午三點都會待在股票交易所，神經長期過度緊繃；下午五點到午夜，接著去上城區一家大飯店的咖啡廳，很多華爾街的人都會聚在那裡聊這一行。黑瓦德的全副身心渴望刺激，賭博和酒精是他所知道最強烈的刺激物。

三年後，這家公司的壽命走到了盡頭，索頓上校撤資了。他已經受夠了黑瓦德的豪賭。確定的是，莎莉已經成為一名精明的「交易員」，在大多頭期間賺了七萬五千美元。他本質上就是個「交易員」，這個意思是說，他只是一名股市賭徒，他根本不想賺佣金。

索頓拒絕繼續合作時，大多頭時意氣風發的莎莉並不憂心。此時市場的口號是：「買A.O.T，一定漲！」A.O.T是Any Old Thing（意為「隨便什麼老東西」）的縮寫！美國工業與商業史上最繁榮的期間，催生出投機熱的流行病，過去從來沒有人聽過這種事，未來可能也不會再有。每一個人都好有錢，每一個人也都超想要從事投機操作。莎莉馬上又開了一家新的黑瓦德公司（Hayward & Co.），找來他的出納人員當合夥人。

四

世界上任何事都會結束，就連多頭牛市和空頭熊市也不例外。多頭市場當道，黑瓦德公司跟華爾街的每一個人一樣，生意做的風生水起。在幾次嚴重的股價「重挫」之後，多頭市場結束了，黑瓦德公司的客戶收到警示，現在要轉為做空，以利彌補虧損。看空的人認為股價還太高，還會往下走。看多的、樂觀的則認為剛好相反。一般人無法突然之間「反手」做空股票，就像大部分人沒辦法快速換手變成左撇子一樣，這些客戶也不例外，因此他們按兵不動。

雖然還不至於到致災的地步，但黑瓦德在多頭市場「留太久了」，也就是說，對於股價上攻會到什麼地步、時間有多長，他做出了錯誤的判斷。接著，他又在股市走空頭、或者是說下挫時犯下類似的錯誤。在眾位財經作家指稱股市「暴跌」之後，市場就交投清淡，而這代表了投機客要虧損幾百萬美元。及時組成的「強大的利益」適時進場，讓市場得以僥倖躲開恐慌，之後的市場專業性也變得更高了。股市裡少了聽話待宰的肥羊，幾個星期下來，只剩下「場內交易員」和「小心吝嗇的賭徒」之流的金融業者互相殘殺，想著「賺個〇・一二五元」就好，他們只想靠著微小幅度的波動賺一點，不再等待大行情。黑瓦德的客戶和每家公司的客戶都一樣，紛紛停止投機了，因此他拿客戶的錢來保護自己的操作。公司的開銷金額大、負擔重，能賺到的佣金卻少之又少。

黑瓦德認為股市大空頭來了，他把股票賣掉，也和多數人有相同的看法，認為股價還沒有到底。然而，股價漲了，雖然很慢但很穩定，因此他大量「放空」的後果是無法在可獲利的條件下「回補」。

有一天，一位人在芝加哥的大賭徒（他比東岸的同道更大膽、更急切）認為，「多頭」或者說上漲行情的時機已經大致成熟，整合鋼條公司（Consolidated Steel Rod Company）這一檔尤其明顯。這位威廉・多爾（William G. Dorr）先生正是整合鋼條公司的董事長，他提出了一套計畫，要提高公司股票對某些投機客的吸引力，或者這麼說吧，這種投資人愛買的，是會慷慨分紅給股東的公司股票。多爾先生的計畫還是機密。第一步，是要發出大量的買單，交由知名的股票經紀處理，並在日報上同步刊出各式各樣的報導，大力吹捧整合鋼條公司的繁榮發展以及出色的獲利，以及從市價來看這檔股票真是便宜到不能再便宜。當然，多爾先生和他的同伴已經善用了之前「重挫」、或者說股價大跌的走勢，以每股三五美元買回他們在前幾個星期以每股七〇美元賣給一般人的股票。用低價買到股票之後，他們「操縱」（也就是持續買進的意思）股價，以期在有利可圖的條件下出場。

然而，之前也發生過同樣的事，在多爾的默許之下，和整合鋼條公司配股有關的謠言傳開，最終卻並未成真，以致於好騙的買方嚴重受傷，而內部人士賺到更多錢，因為這些人「忙到疲於奔命」全力「放空」這檔股票。這是一種讓其他稍有經驗的操盤手最氣憤、最大聲撻伐的股票操作手法。公司的董事根本沒打算發股利，最後更以這檔股票的跌幅已經「跌破」十七美元為理由，（在最後一刻）決定發股利不是保守行事之道。股市肥羊因此損失了幾十萬，內部人士也賺了這麼多，這是一次「漂亮的操作」。

黑瓦德記得這件事，因此這次在敲鑼打鼓說要大發股利的幾天後，股價穩定漲到每股五二美元，這時他快速「做空」五千股，他相信厚顏無恥的操作行動不會把價格拉到比這個水準高太多的地方，沒多久之後一定會跌。一個月前，這檔股票的價格才來到每股三五美元，而且還沒人要買。多爾先生在一份芝加哥的報紙上說，由於鋼條業今年展現前所未見的好景氣，公司的股東很有可能一下子收到全年的股利，此話讓黑瓦德更加確定，他認為這檔股票的價格已經「到頂」的看法是對的。這種發放股利行動，過去根本沒有前例。其他股票也有很多次傳出這樣的言論，但從來沒有一次實現，那這一次又為何會成真呢？

黑瓦德很清楚多爾過去的紀錄，根據多爾一向的虛假行事作風來判斷，他快速決定「對賭」對方給的買進「明牌」。然而，身為華爾街最精明、最大膽股市賭徒的威廉·多爾，愚弄了每一個人：他這次講的是真話。那個星期，公司的董事做了他預告的事。像他這樣等級的投機客如果說謊，在華爾街裡會騙到一半的人，而且是笨的那一半，但當他說實話，他就能騙倒每一個人。華爾街還沒從震驚當中回過神來，這檔股票就已經漲了五美元，這表示黑瓦德光是這一筆交易就虧了兩萬五千美元。然而，除此之外，其他的股票也同聲一氣跟著拉了起來。看多的人本來已經癱了一半，現在看到這位芝加哥賭徒操作整合鋼條公司股價有成，又找回了信心。利率下降，看空的人抱持的希望也跟著下沉，股價和多方的勇氣則大幅上揚！黑瓦德開始「回補」整合鋼條的股票，他「買進」了五千股，完成之後，他在這樁交易上總共虧了兩萬六千七百五十美元。他還放空約一萬兩千股其他股票，用最後的報價來計算「帳面」的損失，至少超過三萬五千美元。然而，此時的市場對於任何利多動向都分外敏感，如果他想要買進如此大量的股票，會瞬間把股價推高，更大幅擴大他自己的損失。

當天早上他顫抖著走進辦公室，找來出納問了問，發現他在銀行裡僅剩五萬兩千美元，其中有三分之二還是客戶的錢。從道德面來說，他早已經是一個盜用公款的人了。如果他不回補股票，他就完了，如果他回補，他也完了。他在證券交易所的「席位」可能還值四萬美元，但也不會再多了，他個人還欠一些外地客戶，金額將近三萬八千美元，看來他絕對避免不了毀滅的命運了。還沒完呢！他破產還不是「真正的」大敗，最痛的是他在木已成舟無可挽回時對自己所說的，「我再也沒有自己的公司，再也無法用別人的錢來替自己做投機操作了。」

不用親眼看到，他也能感覺到以後會發生什麼事，他就像所有的賭徒一樣，閉上雙眼，把頭埋進名叫希望的沙坑，相信好運會保護他免受懲罰。但此時此刻，每一個賭徒都害怕的問題已經來到了他的眼前：「如果我面對所有損失，那我要承受多麼重大的風險，才能等到趨勢回頭？」對於交易所和交易大廳裡無數個行事作風如同小偷一般鬼祟的黑瓦德之流來說，答案通常很可怕，因此他們會馬上停止去想這件事，這樣有助於他們保留最後的誠實。然而，這個讓人不安的問題，還有這已經開了頭但還沒有得出結論的答案，都不會放過他們。

他離開辦公室前往交易大廳，雖然讓自己面對了命運的提問，但他不願意回答問題，最後他駐足在交易所自有的酒吧「佛瑞德的店」（Fred's），進去喝了一杯純威士忌。然後答案出現了。

他橫豎都要完蛋了。如果他乾脆破產，他的負債不會再增加，但是他的二十五位客戶和十五位「出借」股票給他的經紀人都會罵死他。但如果他用盡全力揮出最後一擊，他很可能跳出深淵，或者也可能出現最糟糕的狀況，為什麼這麼說呢？因為罵他的客戶還是一樣多，但是破口大罵的同行證券經紀人可能就會多達二、三十人了。

他又喝了一杯烈酒。市場毫無懸念已經走上多頭了。看空的人之前和漲勢交戰，某幾檔股票還是有一些人頑強放空，比方說美國糖業公司（American Sugar Company）。如果這些放空的人被踩了下去，這很可能意味著股價要再漲八到十美元。如果他買一萬股或一萬五千股，然後再以平均每股獲利四、五美元賣出，他就可以平息這場災難，如果他能賺到十美元，那他就會成為偉大的作手。肯定的是，他沒在做生意了，根本連一千股都沒有人叫他買。沒生意做的莎莉，已經瀕臨破產邊緣了。

酒很烈。莎莉忿忿不平地自言自語：「怎樣都是死路一條，乾脆一不做二不休。」

他踉蹌地邁著小步伐從「佛瑞德的店」出來，走過新街的大馬路進入證交所。他在門口停了一下。現在已無路可逃。除非他能揮出幸運的一擊，不然他就會一敗塗地，盡失顏面。

「成者為王，敗者為寇！」他喃喃自語，然後走進交易大廳。

「早安，黑瓦德先生。」警衛向他打招呼。黑瓦德失神的點點頭，不斷地念著：「成者為王，敗者為寇！」然後直接走到美國糖業的交易櫃位。

他開始喊進這檔股票。一千股，價格一一六美元；他買了。又一千股，價格拉高到一一六．一二五美元。第三個一千股，對方很高興地用一一六．五美元賣出。到目前為止真是糟糕透了。接下來，他出一一七美元買進兩千五百股，很快就有人丟出來了。但當他喊出「一一七美元再買五千股！」，群眾猶豫了，股票經紀人不完全相信黑瓦德「還可以」，很多人都懷疑過他到底能不能拿得出錢來買這些股票。莎莉利用這種猶疑的氣氛，又再喊出要用一一七．二五美元和一一七．五美元買五千股美國糖業的股票，一位「兩美元」股票經紀人比利．柴契爾（Billy Thatcher）就用這個價格把股票賣給了他。這樣下來，黑瓦德總共買了一萬零五百股，股價才漲了一．五美元。做空的人一丁點都沒被嚇到，反而是莎莉怕死了。他衝出人群、衝到他的電話旁，假裝向公司「回報」交易結果，演的他好像是很有誠意要買這些股票。背後有好幾百雙狐疑又犀利的目光盯著他，他們看著他緊握話筒貼住耳朵，表情一副很關心的樣子，彷彿他是在聽什麼很重要的訊息。但，他唯一聽到的訊息僅有自己的心跳聲，聽起來彷彿是清楚明確地在告訴他：「你賭了，而你輸了。你賭了，而你輸了。因此，你的處境比以前更糟了。你必須再賭，**而且你不能輸**。」

他放下電話，衝回美國糖業交易櫃位的人群裡。這一回他沒這麼激動、沒這麼像喝醉酒的人了，他不再滿臉通紅，反而是一片慘白。沒有多久，他的臉再度充滿血色，好像有什麼在閃爍，彷彿是「**成者為王，敗者為寇**」幾個字。然而，「成者為王」慢慢暗了下來，剩下另一邊卻火紅地招搖著。他眨了眨眼，用手不耐地做了一個奇怪的動作，就像要揮開一隻討人厭的蟲子。

他下了單要買進五千股美國糖業，交給他的朋友紐頓．哈特利（Newton Hartley）。

「你這是自己要買的嗎，莎莉？」哈特利問。

「不，紐頓，這是替華爾街某個最大型的客戶下的單。沒問題，絕對沒問題。」

在他的保證之下，哈特利買進了股票，成交價是一一八美元。賣方說，如果黑瓦德「違約交割」、付不出錢來，哈特利要為這次的買單負全責。

莎莉抹了兩次前額，這個動作其實沒有必要。空方並沒有互相踐踏準備出場，如果他想要把剛才買的一萬五千股賣掉，只會壓低價格，至少會跌五元。他的前途，算是雪上加霜。

他又下了一筆買進五千股的單給比利・拉辛（Billy Lansing），比利是很可靠的「兩美元」老經紀人，他拒絕接單。他又換一個人，但是依然沒有人要接。他們不相信他，但他甚至不能開罵，因為這些人用的藉口是他們要去接別的地方的大單，因此他又回去找另一位朋友喬伊・湯普森（Joe G. Thompson）。

「喬伊，買五千股美國糖業。」

「你還清醒嗎？」湯普森很嚴肅地問。

「管好你自己吧。」莎莉笑笑地回答。他很大膽。「老兄，我這張單是華爾街某位重要大人物下的大單，目前有一些很重要的情勢發展。」

「莎莉，你確定你是替別人下的單嗎？」這位不太信服的經紀人問。他的質疑顯然帶有羞辱的性質，但這可以原諒，因為涉及的利益太大了。

「喬伊，過來我辦公室，我拿給你看。……事實上，我不能告訴你。但我是你的朋友，我會建議你把所有錢都拿出來買美國糖業。」他說謊時，竟然還能直視湯普森的雙眼。

「黑瓦德，你確定嗎？你確定你不是正在鑄下大錯嗎？」他想賺一百美元的佣金，但是他不確定朋友做的事是對的。

「喔，天啊，別這樣。我還要買很多。沒問題的，動手吧，喬伊。」

喬伊下手了，他買進了這五千股。這檔股票漲到一一九．五美元，黑瓦德在和哈特利與湯普森打交道之後的經驗讓他心生警覺，他沒有再要求任何朋友或敵人替他買進五千股，他的辦法是，以五百股為一批分散買進，總共要買進一萬股。股票經紀人現在接他的單了，他下的單量沒這麼大了，因此也沒有這麼危險了。股價漲到一二二．七五美元了，有些做空的人害怕了。他很可能到頭來還是贏，他很可能還是為王的成者。他開始把股價推高。他甚至用「現金」買股，這是指，他買進股票時要支付現金，直接付現然後立刻拿到股票憑證，這些憑證想必是交給某個擁有幾百萬的投資人。交易大廳裡每個人都在談黑瓦德，大盤也跟著美國糖業同聲一氣往上漲。

但，股價來到一二四美元時，看起來好像美國糖業的所有股本都賣掉了。他不再買進。現在他手上有了三萬八千股。要支付這些股票的價款，需要花掉六百五十萬美元！如果他以成交均價一二二美元出貨的話，他可以連同其他的麻煩一起解決，「損益兩平出場」。

他下了一張一萬股的賣單，給一位向來的好友，此舉大錯特錯。這位股票經紀人路易斯．威郤斯勒（Louis W. Wechsler）之前以一二二美元的「現金價」買了一千股給黑瓦德。他懷疑這筆單背後有文章，拒接這張賣單，親自跑去黑瓦德的辦公室要求拿支票。出納用各種藉口想打消他的念頭，威郤斯勒於是更確定真實的狀況不妙，回到交易大廳開始放空自己帳戶內的美國糖業股票，萬一這檔個股崩盤，他不僅不用虧，還可以從中賺錢。威郤斯勒對自己強辯，反正黑瓦德肯定完蛋了，他不過是利用無法避免的局面賺錢而已。在此同時，莎莉透過另一位經紀人賣了一萬股，價格跌到一二一．七五美元，威卻斯勒放出的五千股又壓到一二〇．五美元。又有別人拿出來賣了，空方也從驚嚇當中恢復，等到黑瓦德必須交割時，命定的一刻到來了。成者為王，敗者為寇！確實，他真的需要足以成王的資金，才付得起手中兩萬八千股美國糖業股票的價金，所以他只能為寇了！

莎莉一翻兩瞪眼了，他對自己承認失敗，緊張放鬆了，他不再激動，而是冷酷，甚至可說有點憤世嫉俗。在一疊股票經紀人用來草草記下交易的便條紙上，他用鉛筆塗寫了一個訊息。這是他公開說的最後謊言，付出的代價是失去哈特利、湯普森和其他朋友，以及他的客戶與大把的鈔票。他寫的內容是：

由於銀行不願延展平常的信貸，黑瓦德公司被迫宣告停業。

「小弟！」他叫人過來，並把這張紙交給交易所一位穿著灰衣的傳達小弟。「把這張紙交給證交所董事長。」

他慢慢的走，幾乎是搖搖晃晃了，走出了紐約證交所，這是最後一次了，而此時，證交所的董事長不停地敲著他的小木槌，直到人群聚集在講台附近，聽著莎莉．黑瓦德的失敗宣言。他最早是一位年輕善良的接線生，最後成了股市賭徒。

第 8 章

報明牌的神學家

A THEOLOGICAL TIPSTER

華爾街犯了錯。

華爾街在評判領袖時常常犯錯。

一開始，華爾街認為席拉斯・蕭（Silas Shaw）身上的「宗教氣息」是刻意的做作。老傢伙不管怎樣都要維持和教會之間的關係，甚至甘願讓別人認為他精於算計以博得好名，沒有人知道究竟這是為了什麼。確實有很多人提出許多很有巧思的理論，有些甚至暗示和他要懺悔有關。但以他的股票經紀人同行、朋友，以及被他傷害過的人來說，他們打從心裡相信，老蕭這傢伙是用某種一般人不懂的方式，把他對於教會事務的誇張熱情作為手段應用在實務上，就像政治人物或多或少會訴諸有點明顯的手段來「爭取德國裔的選票」或「討好愛爾蘭裔」一樣。

老傢伙和空方之前為了「南方海岸公司」（South Shore）的股票交手幾回合，最後一戰定江山，後者連續發動攻勢，最後投降了，替老傢伙的銀行帳戶加上了五十萬美元。事情結束之後的某一天，他請來衛理公會（Methodist Episcopal Church）的幾位大人商討一項計畫，希望他們提供建議。席拉斯・蕭想這件事想很久了。他和很多人商量過，也有神學家過來發表一些枯燥無聊、場合不對的布道演說，老傢伙的律師亦發表了很多安撫人心的言論。期間，陸陸續續來了更多的衛理公會神職人員、律師，談的內容也越來越多。接著來的是一位房地產經紀人、一位建築師和一位一流的銀行家，到最後，就只剩老傢伙拿出來的一張支票。

隔天，各大報報導一則消息：在席拉斯．蕭的贊助之下，蕭氏神學院（Shaw Theological Seminary）正式創立。但就算老傢伙把他掠奪來的豐厚戰利品拿來資助這項值得讚揚的志業，華爾街對他仍存疑。

華爾街犯了錯。華爾街在評判領袖時常常犯錯。席拉斯．蕭的那顆老心臟早已因為報價條而傷痕累累，被報價機打的坑坑巴巴，但他對於教會事務仍懷著一片柔情。除了在華爾街成為大權在握的人，他也樂於被所屬的教會視為中流砥柱。平時週間的工作日，他歡欣地聽著報價機斷斷續續傳出令人清醒的聲音，但到了星期天，他欣賞的當然是熟悉聖歌撫慰人心的音調。講到老傢伙時，有多少冷硬的股票經紀人會提到他那生動靈活且讓人難以複製的見解，就有多少熱情年輕的牧師會講出各種讓人愉悅的故事，說到自己如何受到這位股市老賭徒的殷勤接待，很多偏遠地區要興建小教堂時急切地請他贊助資金，他也總是予以回應。

蕭的慷慨在教會人士之間傳開，眾人皆知，因此第十七街衛理公會的本堂牧師藍斯多爾（Ramsdell）和一位蕭氏神學院受託人毫不羞赧地來找他求助。蕭並不去藍斯多爾的教會，但有一、兩位在華爾街頗負盛名的銀行家以及幾位紐約證交所的會員都在這個教會，就藍斯多爾牧師來看，他認為在贊助名單一長串的姓名當中，把席拉斯．蕭放在第一位是很適當的作法。他想要在玻利維亞的奧魯羅（Oruro, Bolivia）蓋一座新教禮拜堂（Protestant Chapel）。玻利維亞是南美各「共和國」裡開化程度最低的國家。

「早安，蕭弟兄，我相信你必定很平安喜樂。」

「托福，托福，感謝您。」這位剛毅的老賭徒說，「您怎麼會來這個充滿罪惡的地方？是要過來宣教，對嗎？我但願您能從那些年輕危……紈褲的空方下手。」

「喔，是啊，」藍斯多爾牧師說，「確實正是為了宣教而來。」他對席拉斯．蕭說起他要把光帶進玻利維亞的計畫，要在奧魯羅興建唯一的新教禮拜堂，那裡是極為黑暗之地，比最黑暗的非洲角落還糟糕。這位牧師希望，嗯，由於大家都知道蕭弟兄熱心奉獻光耀事工，所以拯救處於黑暗中玻利維亞兄弟的工作，應該可以仰仗他幫忙，諸如此類的。然後他講起贊助名單……

「親愛的藍斯多爾牧師，」老蕭插話了，「我從來不簽贊助名單。我要捐的時候我就捐，而且我不希望每個人都知道我捐多少。」

「嗯，蕭弟兄，你無須曝光，我會用匿名代替。」他語帶鼓勵微笑地說。

「不，不要，請不要把我加進去。」

這位和善的牧師非常訝異，臉上換上愁眉苦臉的表情，老蕭笑了。

「牧師，開心一點，我來說給你聽我會怎麼做。我會幫你買一些伊利鐵路公司的股票。對，牧師，我能做的最多就是這樣了。您認為如何？」他得意洋洋地看著牧師。

「啊哼！我不……你確定這會是……啊哼……好投資嗎？你知道，我不太……啊哼……了解華爾街。」

「我也是，而且我越老越不懂。」

牧師露出一個半信半疑的謹慎笑容。

「就這樣，牧師，我們會替您效命的。那些黑……我是說，那些身在黑暗中的波西米亞人……」

「啊哼！……是玻利維亞人，蕭弟兄。」

「我就是要說玻利維亞人。他們一定要給自己的靈魂一個機會。約翰，」他叫來一位職員，「用市價買五百股伊利鐵路。」

「好的，先生。」約翰一邊說，一邊進入電話亭裡，然後消失不見。「市價」買進的意思，就是用當時的成交價、也就是市場價格買進。

「蕭弟兄，我非常感謝你，這件事對我來說非常重要，我可以保證。

那……啊……什麼時候……我什麼時候會知道……啊……這項投資有沒有賺錢？」

「喔，不用擔心這件事，我們會讓股市贊助您的宣教基金。您要做的，就是每天傍晚讀一下報紙上的財經版，持續注意相關訊息。」

「我擔心，蕭弟兄，」藍斯多爾牧師懇求地說，「不知道我會不會碰到小麻煩，以至於無法持續注意相關訊息。」

「不會的，請看這裡。」他拿起手上的報紙，翻到股票報價表，「牧師，把您的椅子拉過來。您看，這就是伊利鐵路。昨天的交易量是一萬八千兩百三十股，最高的成交價是六四．七五美元，最低是六三．二五美元，最後的價格、或說是收盤價是六四．五美元。這些數字指的是每一股的價格。這檔股票很強。約翰，你手上有沒有這五百股伊利鐵路的成交報告？」

「有的，先生，」約翰說，「是六五．一二五。」

「牧師，您看，這檔股票還在漲。嗯，您每天看股價表就可以查到伊利鐵路公司股票的成交價是多少，如果高於六五．一二五，怎麼說呢，這就表示您有賺錢。每漲一美元、也就是一股漲一美元，就代表您的宣教基金又多了五百美元。」

「那麼……蕭弟兄……啊哼……萬一……啊哼……數字變小了怎麼辦？」

「藍斯多爾牧師，想這些事又有何用呢？您只要記住我會替您賺錢就好。而且，是我支付了每股六五．一二五美元買下這些股票。」

「你真的認為……」

「牧師，別擔心，您當然知道，不要讓這件事不當曝光比較好。」

「當然，當然。」牧師保證，「我懂。」但其實不然。

「牧師，還有事嗎？」

「沒有了，非常感謝你，蕭弟兄。我……我非常誠摯地希望我的……啊……你的……我應該說……啊……我們的投資可以為玻利維亞宣教基金帶來……好結果。非常感謝你。」

「別客氣，牧師。您也不用擔心，我們一定沒問題，一、兩個星期之後您就能聽到我的消息。祝早晨愉快。」

牧師走到對街，前往一位當地教友瓦爾特．克朗斯頓（Walter H. Cranston）的辦公室，他是一位股票經紀人。

克朗斯頓先生正在感嘆沒有生意、冷清到了極點，他已經決定提出一些含糊不清的建議給膽小的客戶參考，慫恿他們「做交易」，這表示他就可以賺到佣金，而就在此時，藍斯多爾牧師的名片遞了進來。

「他有沒有搞錯，跑過來打擾人家做生意，他想幹嘛？」他心裡雖然這樣想，但嘴上卻說：「威廉，請他進來。」

「早安，克朗斯頓弟兄。」

「早安，您怎麼來了呢？藍斯多爾牧師。我何德何能，讓您突然大駕光臨？」

「我要來和您談一談我們的宣教基金。你知道我對這件事投入了很多心力。我們想在玻利維亞建一間禮拜堂，克朗斯頓弟兄，那裡需要光明，就像在中國一樣，我很肯定。玻利維亞離我們的家鄉也比較近。」

「牧師，我真的……」克朗斯頓開口了，語氣裡有一點受傷。

「我希望你能簽下你的大名，成為贊助名單的領頭羊。」牧師說了，聽得出來他很努力想要讓對話變的淘氣有趣，「別拒絕我喔！」

「您為何不去找其他名聲響亮的人呢？」克朗斯頓謙虛地說。

「我跟你說實話，克朗斯頓弟兄，我已經去找過席拉斯・蕭了。」他慌張地補充，「但只有你才能真正理解我的使命。」

「那個老壞……老傢伙怎麼說？」

「他說他從來不簽署任何贊助名單。」

「難道他什麼都沒給您嗎？」

「喔，有，他……呃……他替我做了一些事。」牧師臉上換上一種奇怪的表情。

克朗斯頓眼睛一亮。「是什麼？」他追問。

「這個嘛，」牧師猶豫地開口，「他說我們會得到好結果，他是這麼說的，克朗斯頓弟兄。」

「是嗎？」克朗斯頓的臉色看起來不是很看好啟蒙玻利維亞人這項任務。

「是。他……呃……告訴我說，他會讓股市贊助宣教基金。」

「真的！」克朗斯頓表現出心癢癢的興趣。

「是的。我想，既然你們兩位是同行，告訴你蕭弟兄替我買了哪些股票也無妨。五百股，這麼多。克朗斯頓弟兄，你認為，那……呃……代表很多嗎？這筆宣教基金對我來說很重要。」

「這就要看情形了。」克朗斯頓漫不經心地說，「要看他替你買了什麼股票。」

「買的是伊利鐵路公司。」

「當然啦，牧師，您能賺多少利潤要看您付了多少錢買進。」音調裡仍然是一派毫不在意。

「是蕭弟兄付的錢，買進價格是六五．一二五美元。」

「啊哈！」克朗斯頓說，「所以老傢伙看多伊利鐵路囉，是嗎？」

「我不懂你的意思，但我知道他教我每天都要讀一下報紙，看看價格比六五．一二五美元高多少，還有，他說他一定會跟我聯絡。」

「我真心希望如此，牧師。我想一下，我捐一百美元可以嗎？很好，我會開一張支票給您。請收。那麼，牧師，能否容我告退？我們很忙，真的很忙。祝您早上愉快，藍斯多爾牧師。若您剛好經過這附近，請隨時過來。」說完，克朗斯頓幾乎是把這個好人推出辦公室，他急著趕對方走。

藍斯多爾牧師走出去，玻璃門一關，克朗斯頓馬上衝到電話旁邊下單，以最好的價格買進一千股伊利鐵路公司。這麼做，在他通知朋友之前，他就可以證明自己對於伊利鐵路的股票極有信心，還有，他比他們更早買進，因此很有可能買進的價格便宜很多。之後，他衝到客戶大廳大喊：「嗨，各位！大家都跳上伊利鐵路列車！席拉斯・蕭看多這檔，這個老魔鬼也買了。我是從第一手消息來源聽到這件事。我早就知道這個老壞蛋悄悄在吃貨了，這就是他的作法，不會有錯。如果現在買，應該還有十元的漲幅。」

當天，克朗斯頓梅爾維公司（Cranston & Melville）替自己和客戶總共買進六千兩百股伊利鐵路公司的股票，其他人也買了這麼多，把股價推到六六・五美元。

那個星期，牧師都忙著找人贊助玻利維亞宣教基金，他是好人，對於贊助名單這件事懷抱著無比熱情。

牧師告訴教友說克朗斯頓弟兄捐了一百美元，另一位也在華爾街的巴克弟兄（Baker）捐了兩百五十美元，蕭弟兄則承諾（他講這件事情時還淘氣地笑了笑，彷彿在笑這事有點不搭軋）會讓股市贊助宣教基金！蕭弟兄的辦法是替他買股票，然後以其特有的風格保證，一、兩個星期之後一定會有好結果。聽到這話的人，都很好奇買進的到底是哪一檔股票。每個人的特質脾性不同，因此他們展現出好奇心的方式也不同。牧師和某些人講起這件事之後，認為不應對其他人有差別待遇，因此，他和每個人都說了，最重要的是，也講了股票的名稱。他想，這應該不會傷害到蕭弟兄。他想的是對的。他在溫和、善意、半知半解之下，體驗到差不多是華爾街裡最開心的事——「直接了當報出明牌」給你感謝的朋友。玻利維亞宣教基金如今多了很多，遠遠超過這個好人最樂觀的預期。

但一件非常、非常奇怪的事情發生了，牧師每天都閱讀枯燥乏味的財經版面，他發現，伊利鐵路這檔股票一直在六五到六七美元之間波動。過了一個星期後，到了星期二，盤勢大大出他的意料之外，股價表上面寫著：「最高六五．七五，最低六二，收盤六二．六二五。」星期三股價表上寫著：「最高六二．五，最低五八，收盤五八。」到了星期四，總算出現一線希望，這檔股票的高價來到六〇，收在五九．五。但星期五時股價跌破，伊利鐵路來到五四．一二五，比玻利維亞宣教基金買進這檔股票時的價格還低了十一．一二五美元。到了星期六，股價跌到五〇，收盤時回到五一．二五。

星期天，藍斯多爾牧師對著萬惡之都哥譚市[1]最憂鬱的一群會眾布道，不管他的視線轉向何方，都會迎來譴責的目光。他們帶著控訴意味的眼神，充滿了苦澀、憤怒或悲傷。唯有席拉斯．蕭先生例外，他像平常一樣過來，聽他的朋友藍斯多爾牧師講道。在這一場時間很長的講道當中，他的眼神都善意地對著牧師微笑，藍斯多爾覺得，蕭看著他時有著一種難以言喻的滿足感。他忘了自己的承諾嗎？忘記了那個讓身處黑暗的玻利維亞人非常期待的承諾了嗎？

兩人在禮拜之後碰了面。藍斯多爾牧師很侷促，蕭卻親切友善。

「早安，牧師。」這位頭髮灰白的操盤手說，「有一張紙在我包包裡放了好幾天了，我想要給您看看。請看。」他給了牧師一張五千美元的支票。

「為什麼……呃……我……呃……我……股票……不是……跌了嗎？」

「沒錯。」

「那這是……」

「喔，沒關係，結果正如我預期，因此您才會收到這張支票。」

「但……啊哼！……你不是替我買了五百股嗎？」

「對。但在您離開之後，我在六五到六七美元之間賣了一萬股。牧師，您的教友真的很看好伊利鐵路這檔股票呢。」他快活地輕笑，「我就是把股票賣給他們！」

「但我……啊哼……我的印象是你說這檔股票會漲。」

「喔，沒有，我從沒說過這種話。我只是對你說我們會有好結果，我想確實如此。」他開心笑了，「沒問題啦，牧師，那些麻煩的玻利維亞人會受到啟蒙，一定會的。」

「但是……」牧師的臉漲得很紅，他捏著支票，遲疑地說，「我不知道該不該收下。」

1 哥譚市（Gotham），美國漫畫書裡的虛構城市，也用來指稱紐約

「喔，您又不是從我這裡搶走的。」股市老賭徒興高采烈地向他保證，「我的報酬很不錯，很不錯，謝謝您。」

「我……我……我是指……」牧師結結巴巴說不出話來，「我不知道這樣是對是錯……」

蕭皺了皺眉頭。「把支票收進皮包裡吧，」他厲聲說道，「這是您賺到的。」